「だって、わたしの顔……見たくないでしょ……？
怒ってるでしょ……？」
「誰だってヘマぐらいやる」

その日、緑色のテーブルには珍しい客が来ていた。

カジノ・グラルドゥス――
富裕層御用達のカジノである。

「キュレレ！」
「ソーイチロー！」
キュレレは片手で本を抱えたまま飛びついてきた。

高1ですが異世界で城主はじめました22

鏡 裕之

HJ文庫
1074

口絵・本文イラスト　ごばん

目次

高1ですが異世界で城主はじめました

関連地図

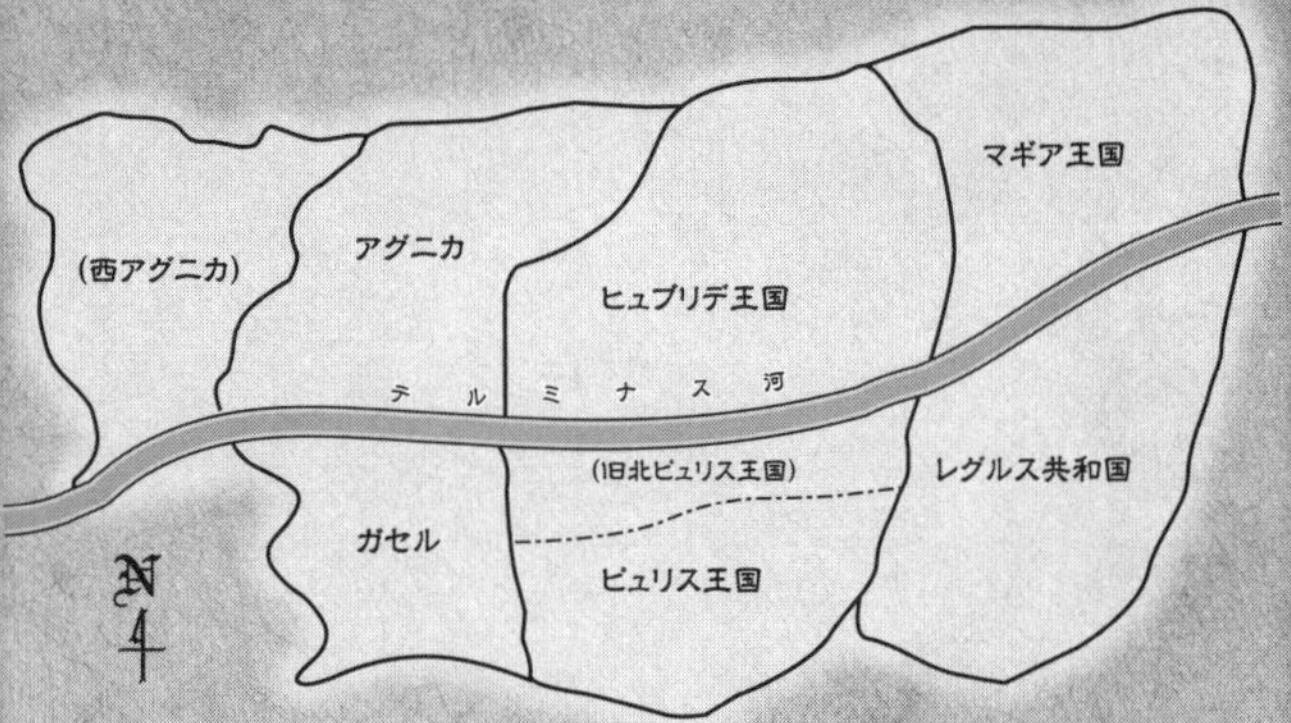

ヒュブリデ王国

ヒロトが辺境伯を務める国。長く続く平和の中、順調に経済的発展を遂げたが、そのツケが回り始めている。

ピュリス王国

イーシュ王が治める強国。8年前に北ピュリス王国を滅ぼし、併合した。

マギア王国

平和を好む名君ナサール王が統治する国。50年前にヒュブリデと交戦している。

レグルス共和国

エルフの治める国。住人はほぼ全員エルフで、学問が発達している。各国から人間の留学を受け入れている。

アグニカ王国

ヒュブリデの同盟国。

ガセル国

ピュリスの同盟国。

序章　美人薄命《びじんはくめい》

1

アグニカ王国最大の港サリカ——。

のっぺらぼうのように味気ない直方体の建物の上に、赤い三角の屋根を乗っけたアグニカ商人の商館がある。その一階奥《おく》、麻布《あさぬの》を敷《し》いた上にスイカほどの大きさのトゲトゲの緑色の実が並べられていた。

トゲトゲといっても、東南アジアの果実ドリアンに近い。栗《くり》のような細く鋭《するど》く尖《とが》った棘《とげ》というより、ボコボコの突起《とっき》という感じである。

緑色の実の数は二十個。ゴムの木の葉っぱを思わせる、非常に深い緑色である。

山ウニであった。

ガセル人にとっては、子供の健康と発展を願う儀式《ぎしき》に欠かせない貴重品だ。山ウニは今やガセル王国では採れない。テルミナス河を挟《はさ》んだ隣国《りんごく》、アグニカ王国でしか採れない。

つまり、輸入に頼《たよ》るしかないということだ。そしてそれが両国の紛争《ふんそう》の元になっている。

高価な真珠《しんじゅ》のネックレスを首に掛《か》けた太ったアグニカ商人に案内されて深い緑色の実をじっくり見てまわっているのは、ベージュ色の長衣《ちょうい》を着て左の手首に赤・青・黄色の数珠《じゅず》状のブレスレットを着けた、漆黒《しっこく》のロングヘアの美女だった。身長は百七十センチほど。肌《はだ》は浅黒く、目は芯《しん》の強さと知性を感じさせるエメラルドグリーン——ガセル人だ。妍麗《けんれい》——色っぽくて艶《あで》やか——というより清麗《せいれい》——きりっとして清らか——な感じの美人である。

「ものは凄《すご》くいいね。この間と同じくらい」

と女商人シビュラは満足そうにうなずいた。声は少し低めで、芯の強さがある。

「前よりずっといいさ」

と太った金髪《きんぱつ》のアグニカ商人が答えた。前よりいいと言い張るのは、高く売るためである。

「でも、ここに傷がついてる」

とシビュラは、陳列《ちんれつ》されている山ウニの裏側に回り込《こ》んで傷を指差した。正面に向けていなかったのはシビュラに見せないためだったようだが、見つけられてしまった。しっかりしてらあ、という顔を太った金髪のアグニカ商人が見せる。

「でも、ものはいいんだ。傷があるやつは二個ぐらいかな？　でも、小さな傷だ。見てくれは悪くない」

「で、いくら？」

シビュラの問いに、金髪の太った商人は数字を答えた。途端《とたん》にシビュラは眉間《みけん》に皺《しわ》を寄せた。

「前の倍じゃない⁉」

と不満の声をぶつける。思わず声の色が高くなる。

「色々と品薄《しなうす》でな。いつもなら三十個持ってこられるんだが、今は二十が限界だ」

と金髪の太ったアグニカ商人が言い訳をする。嘘《うそ》を言う時の癖《くせ》で、鼻の頭を指の側面でこする。シビュラがじっと冷たく睨《にら》んだ。

「あんた、嘘ついてるでしょ。それ、嘘をつく時のあんたの癖」

太ったアグニカ人がぎょっとする。シビュラは畳《たた》みかけた。

「品薄なんて聞いてないよ。第一、前と同じ質のもので倍額なんかありえない。協定でも、前回の倍額以上で売らないようにってあったでしょ？」

「あの『前回』ってのは、協定を結んでからの話だ。協定を結ぶ前は『前回』には入っていない」

シビュラはじっと金髪の太った商人を見た。目の奥に怒《いか》りがある。よくも吹《ふ》っ掛けたねという怒りである。

「あんた、いい加減なことを言ってる。わたし、ちゃんと協定の書面を持ってるんだよ」

そう言うと、シビュラは羊皮紙を取り出した。二カ月前にアグニカとガセルの間で結ばれた山ウニに関する協定が記されていた。

「ここっ！」

とシビュラは指差した。
・山ウニについては、前回より二倍以上、または一年以内のものより二倍以上の値を提示された時、提訴《ていそ》できるものとする。
「ちゃんと一年以内って書いてある！　前にあんたと取引をしたのは一年以内でしょ⁉」

「なら、裁判所に訴《うった》えろよ」

アグニカ商人の言葉に、

「ええ、訴えるわ。きっと裁判所が公正な判断をしてくれるわ」

2

見るからに渋《しぶ》い濃茶《こいちゃ》色のカウンターに詰《つ》めかけたシビュラの眉《まゆ》は、ぴくぴくと痙攣《けいれん》していた。整った美しい顔だちが怒りに歪《ゆが》んでいる。

アグニカとガセルの通商協定により、シドナ港やサリカ港に交易裁判所が設けられた。アグニカとガセルの間の交易のトラブルを裁くための機関である。運営はアグニカ王国が行っている。

シビュラは必要な証拠《しょうこ》と書類を用意して交易裁判所に訴え出た。だが、裁判官の判断は不受理だった。

「どうして受理できないのよ！　前回の取引の時の記録もある！　見てよ、倍額になってるでしょ⁉」

「協定が発効したのは二カ月前だ。よって前回という文言も二カ月前からになる」

とカウンターの向こう側で痩《や》せた裁判官が突《つ》っぱねた。

「協定には一年以内って書いてるでしょ⁉」

とシビュラが食い下がる。

「協定が発効する前は含《ふく》まれない」

「よく読んでよ！　『前回より二倍以上、または一年以内のものより二倍以上の値を提示された時、提訴できるものとする』ってあるじゃない！　協定発効前は含まれないとか書いてないじゃない！」

「協定発効以前のものは、前回にも一年以内にも含まれない」

「そんなわけないでしょ！　どこをどう読んでるのよ！」

左利《ひだりき》きのシビュラは、思わず左の手のひらでカウンターを叩《たた》いた。交易裁判所に詰めていたアグニカ人兵士が二人、すかさずシビュラに歩み寄って両脇《りようわき》をつかんだ。

「ちょっと離《はな》してよ！」

とシビュラがもがく。

「裁定は下された。それ以上抗《こう》する場合は、牢屋《ろうや》にぶちこむ」

と裁判官が突っぱねる。

「あんた、それでも裁判官⁉」

なおもシビュラがカウンターに食い付こうとする。だが、二人のアグニカ人兵士がカウンターから引き離しにかかる。いくら長身のシビュラでも、百八十センチほどのアグニカ人の兵士は振《ふ》りほどけない。

「裁定を受け入れない場合は、特許状を剥奪《はくだつ》する」

とさらに裁判官が告げた。

「剥奪できるのは女王だけでしょ！　こんなことをして許されると思ったら大間違《おおまちが》いよ！　メティス将軍に訴えてやる！　知り合いなんだからね！」

かまわず二人の兵士がシビュラを交易裁判所の外に連れ出した。シビュラは目を剥《む》いて睨んだ。

「メティス様なら、絶対何とかしてくれるよ！　この町を火の海にしてくれる！」

3

シビュラの声が遠のくと、裁判官の後ろから黒髪《くろかみ》のごつい顔に太い眉に黒髭《くろひげ》にごつい身体の男が姿を現した。身長は百八十センチ程度。体重は優に百キロはある。青く染めたチュニックの上から白と黒のシュルコーを着ている。右半分が白、左半分が黒——左右色違《ミ・パルティ》いの外套《がいとう》である。細く絞《しぼ》った袖《そで》が太い腕《うで》に密着していて、左右の色違いとともにアンバランスな印象だ。太い脚《あし》にぴったり張りついた脚衣《ショース》もアンバランスな感じである。

だが、そのトリプルのアンバランスさゆえに逆に高貴さを感じさせる。

王国最大の港を擁《よう》する王国の要衝《ようしょう》サリカを治める、サリカ都市伯《はく》のゴルギント伯だった。

都市伯とは、都市を治める長官のことである。地方を治める長官は、アグニカでは地方伯である。ゴルギント伯の正式な呼び名はサリカ伯ゴルギントだが、ゴルギント伯ともサリカ伯とも呼ばれる。有力な王位継承者《けいしょうしゃ》インゲ伯グドルーンの最大の支持者でもある。

「今のでよい。受理する必要はない」

と巨漢《きょかん》のゴルギント伯は、太い声で細身の裁判官に圧力をかけた。

「一旦《いったん》受ければ、ガセルのサルどもは我もと押《お》しかけてくる。嘘をでっちあげて、金を巻き上げようとするはずだ。クソどもをたからせるな。クソ協定をまともに運営する必要はない」

金髪の痩身《そうしん》の裁判官は、緊張《きんちょう》した面《おも》持ちで無言でうなずいた。サリカの町で生きていこうと思うのなら、この町最大の権力者に従うのが暗黙《あんもく》のルールだ。楯突《たてつ》くなどありえない。そのような愚《おろ》か者はサリカにはいない。楯突くことは経済的な死を、時には物理的な死を招く。

ゴルギント伯は、外から戻《もど》ってきたアグニカ人の兵士を手招きした。

「すぐに女を尾行《びこう》しろ。メティスの名を口にしていたのが気になる。出まかせなら問題ないが、本当なら厄介《やっかい》なことになる。もしピュリスに向かったら、その時は消せ」

4

シビュラは商船に乗り込むと、すぐに船を出発させた。テルミナス河の美しい碧色《へきしょく》の水面を東へと走る。

テルミナス河は広大だ。幅《はば》は、場所によっては数キロある。アグニカ西部から中部にかけては入り江《いりえ》が入り組んでいて、河川賊《かせんぞく》――海賊《かいぞく》の河川《かせん》バージョン――の絶好の隠れ家《かくれが》になっている。だが、同時に絶品の蟹《かに》の住処《すみか》ともなっている。

ガセル国とアグニカ国は、テルミナス河を挟んで対岸同士の国だ。テルミナス河の北にアグニカ王国があり、真向かいの南にガセル王国がある。両国の歴史は衝突《しょうとつ》の歴史でもある。

ガセル王国の東隣《ひがしどなり》には、強国のピュリス王国がある。同じミドラシュ教を信仰《しんこう》しているということもあって、ガセル王国とピュリス王国の関係は良好だ。何といっても今のガセル王国の王妃《おうひ》は、ピュリス王の実妹《じつまい》なのだ。これ以上深いつながりはない。

シビュラが向かっているのは、ガセル王妃の母国ピュリスだった。それもユグルタ州――ガセル王国に最も近いエリアである。ユグルタ州は智将《ちしょう》の誉《ほま》れ高き女将軍メティスが治めている。しかも、かつて一兵卒だったメティスを将軍に取り立てたのは、ピュリス王の妹イスミル――今のガセル王妃なのだ。メティス将軍は今でもガセル王妃への感謝を忘れていない。数カ月前には軍を率いてアグニカの要衝トルカを攻め落《せ》とした。イスミル王妃への恩義である。力になってくれないはずがない。

シビュラは二度、メティス将軍に会ったことがある。商人のシビュラだと挨拶《あいさつ》すると、

《このわたしが嫁入《よめい》りするのにぴったりの服でも持ってきてくれたのか？》

と冗談《じょうだん》を口にした。シビュラはアグニカで採れた卵ほどの大きさの琥珀《こはく》を贈《おく》った。メティス将軍は目を大きく広げて、これは大きいと嘆息《たんそく》を洩《も》らした。

《タダで帰すわけにはいかぬな》

《お礼はいずれ》

とシビュラが微笑《ほほえ》むと、

《困ったことがあればわたしに言え》

そう言ってくれたのだ。

《もしガセルにいらっしゃった時には是非《ぜひ》お立ち寄りください。ムハラをご馳走《ちそう》いたします》

そう誘《さそ》うと、

《その時には必ず声をかけよう》

と「必ず」に力を入れて答えてくれた。

ただ、声をかけようではない。必ず声をかけようと言ってくれたのだ。必ずが入っていたのは大きい。声をかけようだけだとただの社交辞令だが、力を入れての「必ず」が入ると社交辞令ではなくなる。

非常に威厳《いげん》とオーラのある女将軍だった。剣技《けんぎ》ではピュリスでも一、二位を争う腕前《うでまえ》だという。おまけに爆乳《ばくにゅう》で美人だった。持っているものはすべて持っていた。でも、まったく厭味《いやみ》がなかった。

実は、アグニカで現女王と王位を争ったグドルーン女伯にも会ったことがある。彼女《かのじょ》がどこかぬめっとした部分があったのに対して、メティスにはそういうものがまったくなかった。気質的に男前であった。そして笑うと人懐《ひとなつ》っこい感じになった。将兵たちに好かれるのもむべなるかなだった。むべなるかなとは、尤《もっと》もであるという意味である。

メティスには、男ならこの将軍についていきたいと思わせるものがあった。女には、自分もこのような、人として自立した強い女の人になりたいと思わせるものがあった。シビユラにとってはちょっとした憧《あこが》れの人である。

「本当にメティス将軍のところに行かれるので？」

と部下が尋《たず》ねた。

「ええ」

「ドルゼル伯爵《はくしゃく》に訴えた方がいいのでは……？」

と部下が提案する。ドルゼル伯爵はガセル王国の大貴族だ。最近、顧問官《こもんかん》――国王の諮《し》問《もん》機関・顧問《こもん》会議のメンバーになったばかりである。王国の中枢《ちゅうすう》に影響力《えいきょうりょく》がある。

「行っても、いるのは執事《しつじ》でしょ？　伯爵はいつも屋敷《やしき》にいるとは限らないんだから。でも、メティス将軍なら必ずユグルタにいる。あの方はあまりバビロスには戻らない」

と凛《りん》とした有無《うむ》を言わさぬ口調でシビュラは答えた。バビロスは隣国ピュリス王国の首都である。

だが、どこか緊張していたのだろう。それとも、不吉《ふきつ》な前触《まえぶ》れを感じていたのか。シビュラは無意識のうちに赤と青と黄色の三重のブレスレットに手を触《ふ》れた。赤のブレスレットはガーネット、青はトルコ石、黄色はシトリンである。一種のお守りだ。

シビュラの商船はドルゼル伯爵の領地を過ぎた。東方向は川下である。今日のうちにピュリス王国には到着《とうちゃく》できる。うまくいけば、メティス将軍にも会えるだろう。

（将軍に会ったら、妹への土産話《みやげばなし》が増えるね）

そう思った時だった。ふいに、甲板《かんぱん》で船員たちが緊迫《きんぱく》した鋭い声を上げた。

（何だろう？）

振り返ったシビュラの目に飛び込んできたのは、十人乗りの無数の小さな舟《ふね》とごつい船員たちだった。汚《きたな》らしい服に汚らしい布を頭に巻いている。河川賊——海賊の河川バージョンだ。

「全速で逃《に》げて！」

とシビュラは叫《さけ》んだ。だが、商船と舟とではスピードが違《ちが》いすぎる。オリンピックの競泳選手と素人《しろうと》が競走をするようなものである。商船に櫂《かい》はない。しかも、都合悪く風はほとんどなかった。逃げる鈍速の草食獣《そうしょくじゅう》に追いつく肉食獣《にくしょくじゅう》のように、十人乗りの舟が迫《せま》った。船員たちが慌《あわ》てて武器を手に走った。弓矢を構えて、河川賊たちに矢を放つ。一人、河川賊がテルミナス河の碧《あお》の水面に落ちた。だが、河川賊の方も矢を放った。鈍《にぶ》い悲鳴が上がって、一人、二人、三人とガセル人の船員が倒《たお》れた。

ゴツンと鈍い音が響《ひび》いて商船が少しだけ揺《ゆ》れた。河川賊の舟が商船に取りついたのだ。河川賊という肉食獣が商船という草食獣を押し倒した瞬間《しゅんかん》だった。すぐに鉤《かぎ》のついたロープが飛んできて舷側《げんそく》に絡《から》んだ。船員が斧《おの》を振って舷側の板ごと鉤を吹っ飛ばす。だが、鉤つきのロープはいくつも商船に飛んでくる。

（ああ、神様！　どうかお助けを！）

シビュラは思わず神に祈《いの》った。だが、テルミナス河の上に神はいなかった。否、この地上のどこにも神はいなかった。河川賊の男が一人、ついに商船の甲板に乗り込んできたのだ。

勇敢《ゆうかん》な船員が斧で河川賊に挑《いど》みかかった。甲板に上がったばかりの男は不意を衝《つ》かれて肩《かた》に打撃《だげき》を受けた。さらに船員が斧を振って、頭部から血が飛んだ。血を流しながら河川賊が倒れた。

一人目は倒した。だが、反対側から二人、三人の河川賊が甲板に上がってきたのだ。

（今まで一度も河川賊に捕《つか》まったことなんかなかったのに……！）

どうしようと思う。

抵抗《ていこう》する？

でも、それで全員殺されたら――。

（いっそのこと降伏《こうふく》した方が――）

そう思った瞬間、

「皆殺《みなごろ》しにしろ！」

甲板に上がった河川賊の男が恐《おそ》ろしいどら声を響かせたのだ。

その瞬間、選択肢《せんたくし》が消えた。降伏はありえない。悪党どもは全員抹殺《まっさつ》しか考えていない。

「シビュラ様はこちらへ！」

と恰幅《かっぷく》のいい男がシビュラの腕を引っ張った。緊張と不安と恐怖《きょうふ》で耳の中がごうごう唸《うな》る。

わたしはどうなるの？

皆殺しにしろって、なぜ？

河川賊の目当ては積み荷じゃないの？

ここでわたしは死んでしまうの？

わたしはどうなるの？

乗組員はとうなるの？

積み荷は？

山ウニは買えなかったけど、木材は積んである。ガセルではあまり木材は手に入らないのだ。それをメティス将軍にお贈りできたのに。

今考えても仕方のないことが、猛《もう》スピードで頭の中をパニック的に流転《るてん》していく。自分の人生が終わろうとしているのだ。

船尾《せんび》に回ると、船尾の方からも河川賊が甲板に上がってきた。

「くそ、こっちからもか！」

と自分を先導する恰幅のいい乗組員が悔《くや》しそうに叫ぶ。ふいに、乗組員の男がびくっとふるえた。さらにもう一度つづけてふるえる。

「ダゴス？」

思わず名前を呼んだ。返事はなかった。代返は、胸に刺《さ》さった二本の矢がしてくれた。倒れたダゴスの数メートル向こうに、弓矢を構えた河川賊がいたのだ。

碧色の目に金髪が見えた。

（アグニカ人……！）

「女だ！」

とアグニカ人の河川賊が叫んだ。

「その女だ！　女を殺せ！　女は絶対に生かすな！」

咄嗟《とっさ》にシビュラは舷側へ走った。ひゅんという発射音はシビュラの耳には聞こえなかった。代わりに感じたのは、鈍い衝撃音《しょうげきおん》だった。自分では舷側を乗り越《こ》えてテルミナス河に身を躍《おど》らせるはずだったのに、なぜか失速して手前で崩《くず》れて舷側にぶつかった。

なぜ？

答えは自分の身体に生えた矢が教えてくれた。ダゴスと違う場所だが、脇腹《わきばら》とお腹《なか》に矢が三本刺さっていたのだ。服はどんどん赤い血で染まっていた。

一日で助からないとわかった。

祈ったのに、神様は聞いてくれなかった。お守りのブレスレットも効かなかった。自分に突きつけられたのは、無情の結末だった。自分はここで死ぬのだ。

「こいつがシビュラか？」

と河川賊が確かめた。

「そうだ。何があっても逃《のが》すな、ピュリスへ行かせるなとのお達しだ」

ああ……こいつらは自分が目当てだったのだ、メティスのところに行かれてはまずいから自分を殺そうと尾《つ》けてきたのだ……とシビュラは死の淵《ふち》で悟《さと》った。

河川賊が？

わざわざ自分を？

メティス将軍のところに行く自分の妨害《ぼうがい》を？

ああ、そうか。こいつら、河川賊じゃないんだ。私掠船だ。きっとゴルギント伯の私掠船だ。テルミナス河にはアグニカの貴族の私掠船がうようよしている。ゴルギント伯の私掠船は有名だ。サリカを出てすぐに自分を尾行したのだろう。

自分はもう死ぬ。死は免《まぬが》れない。自分は血まみれの中で死んでいくのだ。神様は自分に多くの人生を贈るつもりはない。でも、たとえあとわずかしか生きられないとしても、生きて辱《はずかし》めは受けない——。

（カリキュラ、あとをお願い……！）

陸地にいるはずの妹に願いを託《たく》して、シビュラは死ぬ間際《まぎわ》に信じられない力を見せた。最期《さいご》の力を振り絞って舷側を飛び越えたのだ。シビュラの身体は宙に躍り、派手な水飛沫《みずしぶき》とともにテルミナス河に落ちた。

「落ちたぞ！　逃がすな！」

河川賊の声が追いかけた。だが、追いかける必要はなかった。シビュラに泳ぐ力は残っていなかったのだ。

数時間後には、ガセル側の砂浜《すなはま》に、シビュラの遺体が流れ着いていた。お守りの赤と青と黄色の三重のブレスレットを手首につけたまま――。

唇《くちびる》は悲しそうに、悔しそうに歪んでいた。死んだ目は宙を見ていた。メティス将軍に訴える未来を、今でも見つづけるかのように――。

第一章　博才《ばくさい》

1

白い陽光が窓から降り注ぎ、陽光の当たらぬ部屋の半分と強い陰影《いんえい》のコントラストをなしている。まるでレンブラントの絵のワンシーンのようである。

豪華《ごうか》な天蓋《てんがい》つきのベッドに寝転《ねころ》がっているのは、白いシルクのシャツを、胸を大きく開いた形で着て黒い脚衣を穿《は》いたさらさらの金髪の男だった。髪《かみ》の毛は顎《あご》のラインまで伸《の》びている。

ヒュブリデ王国国王レオニダスであった。

「くそ……退屈《たいくつ》だぞ」

といつものようにこぼす。

「早く温泉から帰ってこい、ヒロト」

とまた勝手なことを言う。ノックの音が昼の静寂《せいじゃく》を打ち破った。

騎士《きし》が姿を見せ、

「大長老閣下がお見えです」

と告げた。

「ユニヴェステルが何の用事だ？」

聞く間もなく、美しい卵形の頭をぴかぴかと輝《かがや》かせた老人が入ってきた。大きく尖った耳元にだけ白髪《しらが》がサバンナの草のように生えている。

エルフの頂点に立つ男、大長老ユニヴェステルである。騎士が下がると、

「陛下、腑《ふ》抜《ぬ》けすぎですすぞ」

といきなりストレートを放った。

「やかましい」

とレオニダスは反発した。

「ヒロトがおらぬからとそのような姿では、家臣もついてきませぬぞ。陛下がそのようにヒロト一辺倒《いっぺんとう》だから大貴族も反発しておるのではありませぬか」

「うるさい。たまたま腑抜けているだけだ」

とレオニダスはうそぶいた。だが、ユニヴェステルは容赦《ようしゃ》しない。

「この国の王は陛下です。多くの者に広く意見を聞いた上で最終的に決めるのが陛下です。

ヒロトにばかり頼る、ヒロトの意見ばかり聞くでは、反発は広まりますぞ」

レオニダスはむっとして言い返した。

「ヒロト以外に上手《うま》くやれたやつがいたか？　ヒロト以外にグドルーン相手に立ち回り、アストリカを上手く屈伏《くっぷく》させられたやつがいたか？　答えろ」

ユニヴェステルは質問には答えず、忠告を放った。

「ヒロト一辺倒になっていると、必ず大貴族どもにしっぺ返しを喰《く》らいますぞ。反感を抑《おさ》えるためには、一辺倒をおやめになることです」

2

古代ギリシアの神殿《しんでん》のような円形の列柱が豪壮《ごうそう》な白い建物を支えていた。入り口にはガラスに金の装飾《そうしょく》をまぶした赤いガラス枠《わく》の細長いドアが三つ構えていて、正装した細身のエルフの男と屈強《くっきょう》なエルフ兵が立っている。

カジノ・グラルドゥス——富裕層御用達《ふゆうそうごようたし》のカジノである。温泉地として有名なカリドゥスで最もランクが高い。

レグルス共和国に入ってテルミナス河を王国中部まで東へ下ったところに、カリドゥスはある。港から運河で十分ほど遡《さかのぼ》ったところに温泉が湧《わ》いているので、交通の便もいい。泉質がよく、健康にも美容にもいいというので、国籍《こくせき》や貴賤《きせん》を問わず多くの者が訪《おとず》れている。そしてのんびりとお湯に浸《つ》かって湯垢《ゆあか》を落とした後は、併設《へいせつ》されているカジノでお金を落としていく。温泉に博打《ばくち》場はつきものなのである。

カリドゥスのカジノはエルフが経営しているだけに、イカサマやぼったくりがないとして、多くの人が安心して賭《かけ》を楽しんでいる。もちろん、カジノにもピンキリがある。庶民《しょみん》が普《ふ》通《つう》に利用する、酒場で開かれるものもあれば、貴族や王族など、貴顕《きけん》の者たちしか入れないものもある。カジノ・グラルドゥスは後者の代表例だ。

屈強なエルフ兵のチェックを受けていざ金の装飾をまぶしたガラス戸の入り口を通ると、高さ五メートルの白い天井《てんじょう》の下に大理石の床《ゆか》と赤い絨毯《じゅうたん》が延びている。赤い絨毯に導かれて進むと、まるで果物がぶら下がるかのようにシャンデリアの燭台《しょくだい》がいくつも下がる部屋に出る。部屋に据《す》え置かれているのは緑の賭博台《テーブル》である。大金を吸《す》い込む魔境《まきょう》だ。

人気なのは、ルーレットとサイコロだ。サイコロは、マカオのカジノで云《い》う大小《シックボー》が行われている。最低の賭《か》け金《きん》はレグルスの通貨で一ログス。一ログス銀貨で、一ヴィント銀貨と四分の一の価値がある。一ヴィント銀貨で今の千五百円ほどだから、約千八百円相当だ。

その日、緑色のテーブルには珍《めずら》しい客が来ていた。珍しいというより恐らくお店始まって以来のことだろう。巨大《きょだい》な黒い翼《つばさ》を折り畳んで、赤いハイレグのコスチュームに爆乳《ばくにゅう》ボディを包み込んだヴァンパイア族の若い女がいたのだ。ヴァンパイア族の爆乳娘《ばくにゅうむすめ》は、ベージュのチュニックと青い脚衣、そして青いマントを羽織った若い青年に乳房《ちぶさ》を押しつけて緑のテーブルを覗《のぞ》き込んでいた。

ヴァンパイア族サラブリア連合代表ゼルディスの長女ヴァルキュリアと、ヒュブリデ王国国務卿兼辺境伯《こくむきょうけんへんきょうはく》ヒロトである。

すぐ回りには、顔を赤らめて酔《よ》っぱらった黒いチャイナドレス姿の金髪の女エルフがいた。金髪と衣装《いしょう》の黒のコントラストがエロく映《は》える。だが、それ以上にチャイナドレスをツンツンに突き上げる豊満な爆乳が目立つ。ヒロトの書記エクセリスである。

眼鏡を掛け、豊大に突き出したオッパイを白いチャイナドレスになんとか詰め込んだ黒髪のロングヘアの女性が、ヒロトの顧問官《こもんかん》ソルシエールである。

鮮《あざ》やかな水色に美しく染め上げたチャイナドレスからムチムチのバストを張りつめさせた金髪のミディアムヘアの優《やさ》しい顔だちの女性が、ミイラ族のミミアである。ソルム城時代からのヒロトの世話係だ。ミイラ族はたいてい白い包帯を巻いているが、ミミアは普通の人間と同じ格好をしている。

さらに女性陣《じょせいじん》を取り囲むように、ひときわ頑強《がんきょう》な身体をしたエルフの武人アルヴィ、そして全身骸骨《がいこつ》の魔物《まもの》がいた。別にホラーショーをやっているわけではない。骸骨族のカラベラである。ヒロトが辺境伯になるずっと前、ただのソルム城の城主だった頃《ころ》から守備兵として仕えている騎士だ。さらに加えてヒュブリデ人の騎士たちが、護衛としてヒロトたちに背を向けて取り囲んでいる。

《おまえには罰《ばつ》を喰らわせてやる！　明日から一週間、宮殿《きゅうでん》に出てくるな！　温泉での蟄《ちっ》居《きょ》を命じる！》

明礬石《みょうばんせき》をめぐるアグニカとのややこしい問題を解決して帰国したヒロトに、主君レオニダス王が命じたのは休暇《きゅうか》であった。命令通り一週間で戻るつもりだったのだが、さらにカリドゥスで羽を伸ばしてこい、少しはハメを外してこいと追加の命令を受けてしまったのである。

ヒロトにとっては、元の世界を含めて人生初のカジノであった。ラスベガスもマカオもシンガポールも、カジノは二十一歳《さい》以上でなければ入れない。この世界に来る前に高校生だったヒロトには無理である。

《カジノ・グラルドゥスなら、おれもよく入り浸《びた》っていた。派手に散ってこい》

レオニダス一世からはそう言われたが、カジノ・グラルドゥスは、王族と貴族御用達《ごようたし》の高級カジノだった。ごく一部の顔パスの上客は例外として、普通は入館するのに百ログス

――今のお金で十八万円相当――を預けるように言われる。支払《しはら》えない人間にカジノ・グラルドゥスで遊ぶ資格はないというわけだ。

ヒロトは初訪問だったのに、百ログスを要求されなかった。レオニダス一世が手を回してくれていたのかもしれないが、館の前に到着するとエルフの衛兵の方から歩み寄ってきた。

《ヒロト様ですね。どうぞ中へ。ご一行の方々もどうぞ》

ヴァンパイア族がこのカジノに来たのは初めてだったはずなのだが、すんなりヒロトたちはカジノに通されてテーブルに案内された。ただ、己《おのれ》の博才に覚醒《かくせい》したかというと、思い切り微妙《びみょう》であった。

ヒロトが挑戦《ちょうせん》したのは、マカオでは大小と言われるもの、シックボーである。ディーラーが振るのは三つのサイコロだ。サイコロの目は一から六までなので、合計値の最小は三、最大は十八になる。大か小か、奇数《きすう》か偶数《ぐうすう》か、合計でどの数字になるのかなど出目を当てるのがシックボーだ。

最も単純な賭《か》け方《かた》は、ゲームの名前にもなっている大小である。合計値が四～十だと思えば小に、十一～十七だと思えば大に賭ける。

賭けることを、専門的な言い方でベットすると云う。ＢＥＤではなくＢＥＴである。外れればカジノに没収《ぼっしゅう》。当たれば、賭けた金は没収されず、賭けた分だけの金額がプラスでもらえる。倍率で云うと、配当は一倍である。一ログスを賭ければ一ログスを得られるということだ。賭けた一ログスは没収されないので、手元には二ログスが残ることになる。もし一ログス賭けて当てて二ログスに増えて、その二ログスを全額賭けて当てて四ログスに増えて、その四ログスを全額賭けて当てて……をくり返して十連勝に達すると、一〇二四ログスになる。日本円換算《かんさん》で百八十四万円。博打が見させる儚《はかな》き夢である。ただし、その確率は〇・一％未満。おまけに大小で賭けた場合には、ゾロ目――すべて一とかすべて二とかすべて六――が出ると賭けたお金は没収される。

遊び方は大小だけではない。奇数か偶数かを当てるものもある。さらに、三つのサイコロのうち一つの目に絞って当てるものや、三つの合計値をずばり当てるもの、ゾロ目を当てるもの、どのゾロ目かを当てるものがある。どのゾロ目かを当てれば、配当は最高の百八十倍になる。つまり、一ログス賭けてプラスで百八十ログスが流《なが》れ込むことになる。ただし確率は二百十六分の一――〇・四六％である。

ヒロトは博徒《ばくと》――博打で生きられる人ではなかった。

使うのは十ログスまで――。そう決めて最初に大――十一～十七――にベットしたのだが、いきなり四・四・四のゾロ目が来て一ログスを分捕《ぶんど》られた。なかなか幸先《さいさき》のよいスタートである。

（なおも大）

ヒロトは再び大にベットしたが、一・一・一のゾロ目だった。サイコロはヒロトをおちょくるつもりらしい。

（気分を変えて小）

ヒロトは小――四～十――に一ログスを賭けたが、六・四・三のダブルプレーならぬ合計十三で大。またしても外して三連敗を喫《きっ》した。

中長期的に見れば、サイコロの目は確率通りに出る。ゾロ目も含めれば、合計十以下は五割。十一以上も五割。これから六つのゾロ目を抜《ぬ》いて計算すると、大も小も、四十八・六％の確率で出る。

（動かざること山の如し――）

ヒロトは気分を変えるのをやめて、それからずっと大に一ログスを賭けつづけた。大と小の間をゆらゆら揺らいでいる方がかえって外れるという見立てだったのだが、サイコロはヒロトを嘲笑《あざわら》うかのように小――十以下を連発した。連敗は四、五、六、七、八とつづき、持ち金は逆に六、五、四、三、二……と減っていった。もはや、ヒロトの持ち金は一ログス銀貨一枚しかない。金を稼《かせ》ぐのは大変だが、なくなるのは一瞬《いっしゅん》である。

イコロを入れて振る。

（ここで変えるとドツボにはまる）

ヒロトは最後の一ログス銀貨を大に賭けた。ディーラーが赤いダイスカップに三つのサイコロを入れて振る。

（ここでささやかな、小さな逆転勝利……！）

ディーラーがカップを開いた。

五・五・五——。

一九六〇年近く生まれの人ならば懐《なつ》かしのアニメ『マッハGoGoGo』と叫んだかもしれないゾロ目であった。大の予想は当たっていたが、またしてもゾロ目であった。十回中三回のゾロ目である。ありえない確率だ。エルフのディーラーも苦笑《くしよう》している。

（おれに博才はない……）

尿意《にようい》も近づいているところだった。トイレに行って、それからカジノを後にした方がよさそうだ。人生も博打もあきらめが肝心《かんじん》である。離れようとしたヒロトに、

「無様だな」

低い、揶揄《やゆ》する女の声が降りかかった。振り返ったヒロトは呆気《あつけ》に取られた。

お臍《へそ》近くまで襟《えり》が切れ込《こ》んだ大胆《だいたん》なネックラインの白いワンピースドレスを着た切れ長の目の女が、後ろに立っていたのだ。

美しいロングヘアの女だった。目はきりっとしている。冷艶という言葉がぴったりの、涼《すず》しげな、クールな艶《つや》っぽさの双眸《そうぼう》の女だ。飛び出しそうなボリュームの双《ふた》つの爆乳は、かろうじて半分がワンピースドレスに包まれているだけで残り半分は惜《お》しげもなく晒《さら》しだされている。露出《ろしゅつ》しているのは胸だけではなかった。ドレスの鼠蹊《そけい》部辺りから切れ込んだ双つのスリットからは、白い美脚《びきゃく》が覗いていた。だが、その脚にも、もちろん爆乳にも、触れる者はこの世に存在しないだろう。触れる前に剣の餌食《えじき》になっているはずだ。

ピュリス王国の名将、メティスだった。レグルス共和国はピュリスの隣国《りんごく》とはいえ、ずいぶんと距離《きょり》がある。メティスが治めるユグルタ州は、ピュリスの最も西——すなわち、レグルスからは一番離れた地である。その地を治める智将が、にやにやといやらしい笑いを浮《う》かべていたのだ。後ろには部下のピュリス兵が数人集まっている。

「なんでいるんだよ」

と思わずヒロトは噛《か》みついた。

「おまえこそなぜいる?」

「国家機密」

とふざけて答える。

「それで十連敗か?」

メティスの容赦ない突《つ》っ込《こ》みにヒロトは返答に詰《つ》まって顔をひきつらせた。笑顔《えがお》で誤魔化《ごまか》すことができなかった。恥《は》ずかしいところをしっかり目撃《もくげき》されていたらしい。メティスは将軍ではなく、『家政婦は見ていた』の主人公だったようだ。

「家政婦だったのか……」

ヒロトの訳のわからない台詞《せりふ》に、

「は？」

とメティスは変な顔を見せた。当然である。ヒュブリデ王国でもピュリス王国でも、『家政婦は見ていた』は放送されていない。そもそも、テレビ自体が国にない。

「おまえに苦手なものが二つもあったとはな。一つは舟相撲《ふねずもう》。もう一つは大小。いいことを知ったぞ」

とメティスがにたついた。ぎとぎとの背脂《せあぶら》みたいな笑いである。ヒロトも冗談で答えた。

「イーシュ王に奏上するなよ。大小で決着をとかだめだからな」

「安心しろ、しかと上奏してきてやる」

とメティスもにたにたと冗談で答えた。ヒロトの無様なところを見られてうれしくてたまらないといった、意地悪な表情を浮かべている。

「メティスもここに来るんだな。なんかもう遊んだのか？　勝負は？」

ヒロトの質問に答えず、メティスは後ろの護衛の兵士に目をやった。二人の兵士がでかい箱を担《かつ》いでいる。大勝したらしい。きっとルーレットだろう。

「一ログス銀貨一枚ぐらい恵《めぐ》んでやってもいいぞ」

とさらにメティスがからかう。

「その代わり、ピュリスに有利なように和議を結び直せとか言うんだろ」

「当然」

とメティスがまた笑う。大勝したこともあってか、今日のメティスは機嫌《きげん》がいい。捨て台詞を残すことも忘れなかった。

「今日の勝負はあきらめよ。おまえに勝利の女神《めがみ》はおらぬ」

メティスはたっぷりとからかいの笑《え》みを見せつけながら、部下を引き連れて去っていった。勝ち誇《ほこ》った背中であった。後ろ姿だけでヒロトにマウントしていた。きっと今日の惨《ざん》敗《ぱい》の報《しら》せは、ピュリス王イーシュに届けられることになるのだろう。そしてイーシュ王は呵《か》々《か》大笑《たいしょう》することになるに違いない。

ヒロトは自分の回りの女性たちに顔を向けた。ミミアもヴァルキュリアもソルシエールも苦笑を浮かべている。酔っぱらったエクセリスだけは、

「気にしないで〜、よくあることだから〜」

と妙《みょう》に上機嫌《じょうきげん》である。

「いるのは前から気づいてたんだけど、メティスが口に指を当てて黙《だま》ってろって合図するから黙ってたんだぞ」

とヴァルキュリアが釈明《しゃくめい》する。

隣国の名将にみっともないところを見られた？ヒロトは少しもそうは思わなかった。むしろ、うれしい再会だった。メティスに会えるのはヒロトもうれしい。ピュリス人の中では一番会いたい人物、会って楽しい人物である。何より国を超《こ》えてからかい合えるというのは幸せなことだ。からかえるのは、それだけ親密な証拠《しょうこ》である。関係は良好なままということだ。

ヒュブリデの大貴族でメティスのようにヒロトをからかう者はいない。関係は良好とは真逆である。良好な関係のフェルキナ伯爵も、ヒロトをからかうまでには至らない。遠慮《えんりょ》なくからかうとしたら、レオニダス一世ぐらいだ。

「まだつづけられますか？」

とエルフの騎士アルヴィが尋ねた。つづけるのならお貸ししますがという勢いである。

「いい。メティスの言う通りだよ。今日は勝利の女神はいない。ってか、おれに博才はない。人生と博打はあきらめが肝心」

そうヒロトが言った直後だった。無神経な、オレサマ精神たっぷりの野太い声が響きわたった。

「なぜこんな骸骨の化け物がおるのだ！　目障《めざわ》りだ、消え失《う》せろ！」

3

身長百八十センチのごつい身体にごつい顔、太い眉《まゆ》に黒髭《くろひげ》の、任侠《にんきょう》団体所属かレスラーみたいな巨漢《きょかん》が、骸骨族のカラベラに出ていくように腕《うで》を払《はら》って指図したところだった。

男は、青く染めたチュニックの上から、黒と白の左右色違い《ミ・パルティ》の外衣《がい》を羽織っていた。細く絞《しぼ》った袖《そで》が太い腕に密着していて、脚衣《ショース》も太い脚《あし》にぴったり張りついている。普通の身分の人間ではない。明らかに大貴族の身なりである。

(誰《だれ》だ、この人……？)

ヒロトは男を見た。後ろには男に負けない巨漢の金髪碧眼《きんぱつへきがん》の騎士が勢ぞろいしている。

(アグニカ人……？)

「大切なヒュブリデからのお客様のお連れ様ですので――」

と細身のエルフのスタッフがなだめようとする。

「何が大切か！　わしは化け物を見に来たのではないぞ！　さっさとつまみ出せ！」

と高圧的に怒号《どごう》を響かせる。まるでモンスタークレーマーである。だが、中世的な世界はパワーゲームでできている。

エルフのスタッフよりも先にアグニカ人の騎士が動いた。腰《こし》に提《さ》げている剣はスタッフに預けてある。ならばと腕ずくで追い払おうと、三人が一斉《いっせい》にカラベラに向かって詰め寄ったのである。

カラベラは、ヒロトがヒュブリデに来て最初に友好な関係を結んだヒュブリデ人だ。当時、ヒロトはヒュブリデ王国の西部の辺境の町ソルムに召喚《しょうかん》されたばかりだった。身分は辺境の守備兵で、任務はヴァンパイア族の襲撃《しゅうげき》に備えることだった。ソルム城の世界では下っぱの人間だったのだ。ヒロトがソルムの城主に抜擢《ばってき》されてから、カラベラは家臣になった。以来、ずっと頼《たよ》りにしている。その最も付き合いの長い家臣が——因縁《いんねん》をつけられて追い払われようとしているのだ。

上司とは、いざという時に部下をかばう存在である。重要な時にこそ部下をかばえずして上司ヅラなんてできるものではない。それは自分がどれだけ上の役職に上がろうが変わるものではない。

（何が化け物だ！）

ヒロトは反射的に動いた。カラベラを突き飛ばそうとするアグニカ人騎士に突進《とっしん》し、

「誰がつまみ出せだ！　カラベラはおれの腹心の部下だぞ！　化け物と罵倒《ばとう》するなんて、許されることではない！」

と言い放った。

パワーゲームの人間は、相手のパワー――戦闘力《せんとうりょく》に反応する。剣も満足に振《ふ》れそうにない小柄《こがら》なヒロトが出てきたのを見て――弱いやつが出てきたと早とちりして――アグニカ人騎士は攻撃《こうげき》の矛先《ほこさき》を変えた。

「なんだ、チビ！　引っ込め！」

軽侮《けいぶ》の叫びとともにヒロトを突き飛ばそうとする。そのヒロトの脇《わき》にヴァルキュリアが勢いよく並んだ。

「誰がチビだ、ぶっ殺すぞ！」

くわっと翼を広げる。アグニカ人騎士が凍結《とうけつ》した。剣と暴力の世界に生きている騎士たちであっても、ヴァンパイア族との対峙《たいじ》は異次元だ。

人は、体長約九十センチ、両翼《りょうよく》を開いた時の長さ二メートル半近くの大鷲《おおわし》を前にしても威圧《いあつ》を受ける。

ヴァルキュリアは身長百六十五センチ。大鷲よりもっと身長が大きく翼の長いヴァンパ

イア族となれば、威圧されない方がおかしい。その上、予想外とくればなおさらだ。アグニカ人騎士はカジノにヴァンパイア族がいるなんて思っていなかったはずだ。

先頭の二人は無様なくらい呆気に取られた。半ば放心したようにぽかんと口を開ける。少々アホヅラである。だが、リーダー格の男はそうではなかった。

「小僧《こぞう》！　誰に向かって口を利《き》いておる！　アグニカ国サリカ伯《はく》、ゴルギント様でいらっしゃるぞ！　この無礼者が!!」

とパンチのように罵倒をぶつけてきた。すぐにエルフのアルヴィが反応した。

「無礼はそちらであろうが！　こちらにいらっしゃるはヒュブリデ国国務卿兼辺境伯ヒロト殿《どの》だぞ！　カラベラはそのヒロト殿の最古参の家臣だ！　どちらが無礼を働いておるのか!!」

よく響きわたる怒声《どせい》だった。声の張りもボリュームも、アルヴィが凌駕《りようが》していた。三人のアグニカ人騎士はマウントしようとして逆襲《ぎやくしゆう》を食《く》らい、沈黙《ちんもく》の海に撃沈《げきちん》した。まさか、目の前のチビがヒロトとは思ってもみなかったらしい。

ヒロトの隣《となり》で、ヴァルキュリアがば～かとばかりにべろべろばあをしてみせた。アグニカ人騎士の頬《ほお》は少し引きつっている。

ゴルギント伯は、じっとヒロトを見据《みす》えていた。

冷たい目だった。

自分が上だと思っている者、ずっと人を従えるのが当たり前と思ってきた人間が、人を虫のように眺《なが》める時の冷たい視線だった。部下と違って目の奥《おく》に驚愕《きようがく》はなかった。

「そうか、おまえがそうか」

とゴルギント伯は低くつぶやいた。あまり感情のこもっていない声だった。

「おまえじゃないぞ、ジジイ！　ぶっ殺すぞ！」

とまたヴァルキュリアが威嚇《いかく》する。攻撃的《こうげきてき》な者に対しては徹底的《てつていてき》に罵倒をぶつけるのがヴァルキュリアというかヴァンパイア族である。

だが、ゴルギント伯は反応しなかった。見ているのはヒロトだけだった。

「小僧。わしと一対一で賭け勝負しろ。百ログスからだ」

いきなり妙なことを言い出した。シックボーで賭け勝負？　それも単位は百ログス――十八万円？

冗談《じようだん》じゃないとヒロトは思った。単独で賭けをするのならともかく、一対一の賭け勝負の場合、自分が正解で相手が不正解の場合、自分がカジノからもらえる分の配当を対戦相手からももらえるルールになっている。つまり、配当が一倍のものでも二倍になる。しかし、自分が不正解で相手が正解の場合、賭けた分を失うだけでなく、相手の配当分も自分が支払うことになる。つまり、損失は最低でも倍なのだ。

「おれは小僧じゃないから勝負しない。それに勝負以前に、カラベラへの詫《わ》びが先だ」

とヒロトは即答《そくとう》した。

「キンタマもないのか？」

といきなりゴルギント伯は嘲《あざけ》りの表情を浮かべた。人をガキ扱《あつか》いする者が浮かべる侮蔑《ぶべつ》の表情だ。性的なからかいは嘲笑《ちょうしょう》の度合いが強い。

「何だと！」

ヒロトの隣でヴァルキュリアが吠《ほ》えた。

「あるわよ～、いつも見てるもの～♪」

とやけに陽気すぎる能天気な口調でエクセリスが答える。かなりきわどい答えである。いつも冷静沈着《ちんちゃく》なエルフの美女は完全に酔っぱらっている。

ヒロトは涼しい声で返した。

「見てみる？　ちなみに標準サイズで、機能は、受けて立つ勝負かどうかを見極《みきわ》めること。意味のない勝負を引き受けるやつの方がキンタマがない」

「国に帰って喧伝《けんでん》してやるわ。辺境伯とやらは賭け勝負もできぬほど腰抜《こしぬ》けの臆病者《おくびょうもの》だとな」

ゴルギント伯が嘲弄《ちょうろう》でマウントしようとする。

（なんだ、このジジイ）

何の理由かわからないが、目の前の大貴族はヒロトに敵意を懐《いだ》いているらしい。場を荒《あ》らさぬために我慢《がまん》する？　黙って引く？

こういう相手は、引けばますますつけあがって人を馬鹿にするタイプだとヒロトは思った。それに――感情的にも黙って引きたくはなかった。

「じゃあ、ついでにこうも喧伝して。吹《ふ》っ掛《か》けなくてもいい勝負を仕掛け、しなくてもいい勝負を仕掛けてきたからこそアグニカは今の状態にあるんだってね。逆にそのような愚《ぐ》を犯《おか》さなかったからこそ、今のヒュブリデがある。そうグドルーンとアストリカ女王に伝えて」

おまえのような馬鹿がいるからアグニカはくすぶっているのだ――。そう言わんばかりの内容だった。ヒロトは口調こそ穏《おだ》やかなものだったが、上司の名前をちらつかせて突き刺したのだ。

ゴルギント伯の目が細まった。冷たく睨《にら》むような視線でじっとヒロトを見る。だが、反論はなかった。ゴルギント伯は沈黙していた。

ヒロトはカラベラに顔を向けた。

「用を済ませたら宿に戻《もど》ろう。おれは寛《くつろ》ぐためにここに来たんだ。誰かの要求に応えるために来たわけでも余計なトラブルと戯《たわむ》れるために来たわけでもない」

4

ヒロトが一旦《いったん》トイレに向かうと、骸骨族の騎士カラベラとエルフの騎士アルヴィも護衛についてきた。一人でいいよとヒロトは断ろうとしたのだが、

「ヒロト殿はヒュブリデの中心の方でございますので。命を奪《うば》おうとする者は必ずおります」

とアルヴィは聞かなかった。

トイレの入り口にカラベラ。中にはアルヴィ。用を足す時にも護衛は付き添《そ》う。国の中心に食い込み、要人になっていけばいくほど、命を奪われては困る人物になっていく。命を奪おうとする者も増えてくる。だから、いつもそばに護衛がいる。それが国の中心になっていくことなんだな、国を動かしていくことなんだなと感じる。

それにしても――なかなか無礼な大貴族だった。大貴族は名誉《めいよ》と誇りで生きている。名誉を得ること、名誉を損《そこ》なわれないようにすることこそが信条である。だから、ゴルギン

ト伯が護衛のカラベラに謝罪するわけないのだが、名誉で生きる世界ではなく互《たが》いの平等の世界から来たヒロトとしては気持ちのいいものではない。

「カラベラは喜んでいると思います。ヒロト殿があのようにかばってくれましたから。ああいう一言があると、部下は主君のために立ち向かえるものです」

とアルヴィが言う。

「なかなか大貴族は謝《あやま》らないね」

「そういう連中ですから」

とアルヴィが即答する。それはヒロトにもわかっている。かつてレオニダス一世と王位を争ったハイドラン侯爵《こうしゃく》もそうだった。侯爵が地面に額をつけて相一郎《そういちろう》に謝ったのは、キュレレがいたからである。キュレレが別邸《べってい》を半壊《はんかい》させて命の危険を味わわせたから、パワーゲームに負けて謝ったのだ。特殊《とくしゅ》な場合でない限り、貴族は貴族や王侯《おうこう》以外の者には謝らない。

謝った例外は、アグニカ国のリンドルス侯爵である。ただ、リンドルス侯爵が謝ったのは、相手がヴァルキュリアでヴァンパイア族との友好関係は国家的に無視できないものだったからだ。アグニカ国はヴァンパイア族と友誼《ゆうぎ》を深めて、できれば協力を得たいと思っていた。だからこそ、貴族でもないヴァルキュリアに対してリンドルス侯爵は頭を下げたのだ。

それでも——リンドルス侯爵は例外的に高潔だったと言うべきなのだろう。多くの人は、高潔ではない。

「ゴルギント伯はグドルーンの有力な支持者の一人です。諸々《もろもろ》、ヒロト殿には恨《うら》みがあるのでしょう」

とアルヴィが言う。

「おれ、別に文句言った覚えないんだけどね」

とヒロトは軽く返した。

「ゴルギント伯は、アグニカ最大の港サリカの都市伯です。先の山ウニ税とか裁判協定とかに不満があるのかもしれません」

とアルヴィは推測を披露《ひろう》した。

でかい都市や重要な都市を治める者は、それだけ権力を持つ。人口の少ない県の知事よりも都知事の方が全国レベルで遥《はる》かに強い影響力《えいきょうりょく》を持つのと同じだ。

そのサリカ伯ゴルギントが、ヒロトに敵意を懐いている。原因は山ウニ税か、裁判協定か。

アグニカは、大河テルミナスを挟《はさ》んで真南に位置するガセルと貿易の問題を抱《かか》えている。

ガセルでは、子供の健康を祝うために山ウニというでかい実が欠かせない。それがガセルではほとんど採れなくなってしまったのだ。山ウニがたくさん採れたのが、アグニカだった。

需要《じゅよう》と供給のバランスで山ウニは高額で取引された。アグニカの商人も味を占《し》めて山ウニの値段を吊《つ》り上げた。それが元で貿易の不均衡《ふきんこう》が発生、ガセルからアグニカに大量の銀が流れ込んで、ガセルは銀不足を引き起こした。不均衡を是正《ぜせい》しようとガセルは港湾《こうわん》税を値上げし、アグニカも対抗《たいこう》して港湾税を吊り上げて、ついにアグニカの港町トルカで武力衝突《しょうとつ》が発生した。ガセルは悔《くや》しい結果を味わい、東の隣国ピュリスに協力を要請《ようせい》。ピュリスは名将メティスを派遣《はけん》し、メティスはアグニカの港町トルカを占拠《せんきょ》、さらにアグニカのトルカを治めている重鎮《じゅうちん》リンドルスを人質《ひとじち》にしたのである。

和議は難航した。その中、ヒロトが結ばせたのが通商協定だった。その通商協定で、アグニカは山ウニ税を課された。アグニカ商人は山ウニの売値の八割を山ウニ税としてガセル商人に支払うことになったのである。銀不足に悩《なや》むガセルを救い、アグニカとガセルとの衝突を防ぐためのものだった。

だが、通商協定締結《ていけつ》後、アグニカ商人は山ウニの値段を従来の五倍、十倍に値上げして利益の確保に走った。そこでヒロトがアグニカの有力者グドルーン女伯とガセルの有力者ドルゼル伯爵《はくしゃく》を立会人に両国の間に結ばせたのが、裁判協定だった。ガセル商人が山ウニの売買で不当な値上げを受けたと感じた時、交易を専門としたアグニカの裁判所に訴《うった》えられるようにしたものである。

裁判協定はアグニカ女王アストリカもガセル王パシャン二世も承認《しょうにん》している。だが——サリカ伯ゴルギントは違《ちが》ったのかもしれない。

（また何か起きるかもな……）

とヒロトはいやな予感を感じた。

山ウニ税の導入。裁判協定の締結。

アグニカとガセルの問題は解決へ向かっているが、二つの措置《そち》で完全に問題がクリアーされるわけではない。

ヒロトは小用を終えてトイレを出た。賭博台に向かう。あとは仲間と合流して店を出るだけだったのだが——目の前の光景にヒロトは唖然《あぜん》として立ち止まった。テーブルに張りついているのは、明らかに酔っぱらった女の背中——エクセリスだった。

5

（え？　何してんの？）

同じ賭博台には、ゴルギント伯もふてぶてしい表情を浮かべて張りついていた。

「早くサイコロを振って。わたし、小に賭けるから」

とエクセリスがチップをぽんと置いた。

（一ログス……？）

違っていた。チップの色が違う。ヒロトが使わなかった色だ。

（十ログス？）

そこでヒロトはもう一つの可能性に気づいた。

（まさか、百ログス……⁉）

「わしはよいぞ」

とゴルギント伯が応じる。ゴルギント伯のチップはゾロ目のエリアに置かれている。

（え？　え？　何⁉）

「では、参ります」

とディーラーが三つのサイコロを赤いダイスカップに入れて振りはじめた。カシャカシャと軽《かろ》やかな音が鳴る。そこでヒロトは二人が賭け勝負を行っている事実にようやく追いついた。

「やめろ！　おれは賭《か》けをしていいと言ってないぞ！」

「ヒロトは黙ってて！　こんなヘボ、わたしが倒《たお》してあげるんだから！　にははは！」

とエクセリスはべろんべろんである。ヒロトがゴルギント伯とやり合っている間、珍しく沈黙していると思ったら、とんでもないことをしていたのだ。

「勝負をやめてくれ！」

ヒロトは懇願《こんがん》したが、エルフのスタッフがヒロトのそばにやってきた。

「もうお二人で了解《りょうかい》して勝負を始めていらっしゃいますので――」

「そういう問題じゃない！　今ここでアグニカの貴族と国務卿《こくむきょう》の書記とが賭け勝負をしなきゃいけない理由なんてないんだ！　代理戦争をしている場合じゃないんだぞ！」

カップを振る音が止んだ。スタッフがヒロトの言葉に耳を貸したわけではなかった。ディーラーが赤いダイスカップをテーブルに置いた。卓上《たくじょう》で緊迫《きんぱく》した空気が張りつめる。

（負けるなよ……）

エクセリスは小――四～十――に賭けている。配当は一倍。一対一の賭け勝負なので、もしエクセリスが正解でゴルギント伯が不正解なら、配当は二倍だ。

ゴルギント伯は、すべてゾロ目に賭けている。配当は六十倍。二・二・二なら両者正解で損失は発生しないが――賭け勝負の場合、ゾロ目であっても、大小が合っていれば正解とみなされる――四・四・四ならエクセリス不正解でゴルギント伯が正解。もし十ログス賭けていたら、エクセリスは六百ログス――百八万円を払うことになる。

エルフのディーラーが赤いダイスカップを上げた。満足の笑みを浮かべたのはゴルギント伯だった。酔っぱらってへらへら笑っていたエクセリスの顔から、一瞬にして笑みが消えた。常夏《とこなつ》ののどかな景色からブリザード吹き荒れる酷寒《こっかん》の風景に移り変わったみたいだった。その酷寒の表情に、驚愕と怯懦《きょうだ》の色が載《の》っていた。

出目は六・六・六だった。六六六は、キリスト教の世界では悪魔《あくま》の数字である。そしてエクセリスにとっても、悪魔の数字だった。出目は小ではなかった。大だった。しかも、ゾロ目だった――。

「ゴルギント様、六千ログスと六千ログス、合計一万二千ログスのご配当でございます」

（なっ!!　百ログス賭けてたのかよ!!）

ヒロトは言葉を失った。日頃《ひごろ》の言動から見るにまさかそんなことは絶対にすまいと思われたエクセリスが、ゴルギント相手に百ログスの勝負に出てしまったのだ。そして結果は六千百ログス――千九十八万円の損失――。

エクセリスがテーブルから崩《くず》れ落ちた。ヒロトは慌《あわ》てて背中からエクセリスの身体を支えた。

エクセリスの顔はすっかり血の気がなくなって青くなっていた。白いではなく、本当に青い。陽気に能天気にはしゃいでいた雰囲気《ふんいき》は微塵《みじん》もない。酔《よ》いの憑依《ひょうい》が完全に取れてしまったみたいだが、それはエクセリスにとって幸だったのか不幸だったのか。

「ヒ、ヒロト……」

唇《くちびる》も驚《おどろ》くほど青ざめていた。泳ぎの苦手な少年がプールの中で見せるような、ほとんど青紫《あおむらさき》に近い色をしていた。目は虚《うつ》ろで、完全に力がなくなっていた。

「ふははは！　見事だな！」

と豪快《ごうかい》にゴルギント伯が勝ち誇った哄笑《こうしょう》を轟《とどろ》かせた。罵倒《ばとう》とマウントの入り交じった笑いだった。

エクセリスが青い唇をふるわせた。

「ヒロト……ど……どうしよう……」

声がふるえている。まるで全財産を失ってしまった小娘《こむすめ》みたいな声だ。大敗の現実が、エクセリスを誇り高きエルフの大人から、世界を生き抜く力のない小娘のレベルに墜落《ついらく》させていた。

なぜこんな勝負をしたんだ！

頭の中では、ヒロトはそう叫《さけ》んでいた。だが、現実には罵倒をぶつけられなかった。

酔っぱらってでも、こんなことはするべきではない？

もちろん。

だが、今叱責《しっせき》をぶつけてどうする？　今エクセリスに罵倒をぶつけてどうする？　もう敗北してしまったのだ。事は起きてしまったのだ。その事実は変えられない。どれだけ叱責しようが罵倒しようが、目の前の事実は決して変わらない。それでもヒロトは、

「取り消せないのか？　無効にできないのか？」

エルフのスタッフに確かめた。

すがる気持ちだった。たぶん無理だとわかっていても、確認《かくにん》せざるをえなかった。

「お二人の取り決めでございますので」

とカジノのスタッフが突っぱねる。

「見苦しいぞ、辺境伯」

とゴルギント伯が見下した笑みとともに軽く罵倒を飛ばした。ゴルギント伯は野次馬《やじうま》気分である。

「なぜ止めなかった！　百ログスの勝負など、常軌《じょうき》を逸《いっ》している！　なぜ止めなかったのだ!!」

とエルフのアルヴィが、残っていた騎士《きし》たちに大声を上げた。

「止めるなと強く言われましたので……これはヒロト殿とは関係がない、自分個人の勝負だと……」

と騎士たちが渋《しぶ》い表情を浮かべる。

「愚《おろ》か者《もの》が！　ヒロト殿は勝負しないと言われたのだぞ！　勝手に部下が勝負してよいはずがなかろうが！」

とアルヴィの方が怒《いか》りを炸裂《さくれつ》させている。

（どうする⁉）

ヒロトは猛烈《もうれつ》な勢いで頭を回転させた。

無効にはさせられない。今のままではゴルギント伯に六千ログス払うしかない。六千ログスは正直大金である。レオニダス王からはハメを外してこい、派手に散ってこいと言われたが、散りすぎである。六千ログスの敗北はハメを外すレベルを超えている。エクセリスの年収を全額支払《しはらい》に向けたとしても、いったい何年掛かるのか。小切手を切ること自体もできまい。となれば、上司のヒロトが肩代《かたが》わりするしかない。

ヒロトならすぐに用意できる金額？

すぐには無理だった。ヒュブリデに戻れば三分の一はすぐに出せるが、残り三分の二は誰かに借りなければならない。恐《おそ》らく、エルフの大商人――ハリトスとか――に頭を下げることになるだろう。

「二本勝負であったな。次はどこに賭ける？」

とゴルギント伯が諧謔《かいぎゃく》と余裕《よゆう》たっぷりにエクセリスに声を掛けた。捕《つか》まえた獲物《えもの》をいたぶってやろうという意図が見え見えである。

受けて立つ？

冗談ではない。こういう時に賭けで損失を取り返そうとすれば、逆に大損を招くことになる。

だが――六千ログス！　約一千万円！　大手商社のサラリーマンの年収？

いや、そういうレベルではない。物価の高さは、元の世界とヒロトたちの世界では違う。今の物価は最低でも十倍以上はある。なので一千万円は最低でも一億の感覚である。大長老のユニヴェステルもさすがに眉を顰《ひそ》めるだろう。

（撤退《てったい》しかない）

ヒロトがスタッフに顔を向けたその時、

「わたしがエクセリス様の代わりに受けて立ちます」

普段《ふだん》になく凜《りん》とした声を響《ひび》かせてテーブルに歩み寄り、百ログスのチップを置いたのは、金髪碧眼のミイラ族の娘《むすめ》――ミミアだった。しかも、置いた先は三・三・三のゾロ目だった。

（な、何やってんだ、ミミア！　なんで勝負を受けるんだよ！　おまけにゾロ目って、今ゾロ目出たところだろ！）

「うはは！　いい度胸の女だ！　わしは小に賭けるぞ！」

とゴルギント伯は今度は手堅《てがた》く出た。万が一――いや、万が一はないが――三・三・三のゾロ目が来ても、合計は九で小。ゴルギント伯がミミアに支払《しはら》う必要はない。

「ミミア、やめろ！　もう賭けはやめだ！」

「サイコロを振ってください」

とミミアは振り向かずにディーラーに言い放った。

「ミミア！」

振り返った目に、ヒロトはぎょっとした。いつも甲斐甲斐《かいがい》しくヒロトの世話をする優《やさ》しいミミアの目が、異様な光を帯びて三白眼にぎらついていた。ヒロトも引くほど鬼気迫《ききせま》る表情である。ヒロトは思わず、ゾクッとふるえた。

「今日は引きません」

有無《うむ》を言わせぬ口調にヒロトは言葉を失った。

（まずい……！）

エクセリスばかりかミミアまで狂《くる》っている。まさか、お酒が入っているのか？　それとも、ここのカジノにはミミアとエクセリスを狂わせるものがあるのか？

「やめろ！　主人の命令だ！　賭けは中止しろ！」

「ヒロト様のご命令でも引きません！　早くサイコロを！」

とミミアは今までにないくらい強行に出た。普段と人が変わっている。これほどまでにも、ギャンブルは人の性格を変えるものなのか。

「では、参ります！」

ディーラーの声に、

「やめろ！」

ヒロトは叫んだが、赤いダイスカップが音を響かせはじめていた。もう誰も止められない。三つのサイコロの目が出るまで、誰も止められない。

（ミミア……！　なんで勝負になんか……！）

ヒロトはミミアの背中を睨んだ。今までこんなふうに自分に逆らったことなんか一度もなかったのに、なぜ……!?

エクセリスはヒロトが抱き締《だし》めていないと、足許《あしもと》がふらふらして崩れ落ちそうである。とても自分一人で立っていられない。

ヒロトも緊張《きんちょう》で爆発《ばくはつ》しそうだった。すでに六千百ログスの損失を招いている。追加して、六千三百ログス——千百三十四万円の損失を招くことになるのか。

ヒロトは辺りを見回した。ソルシエールの姿が見えない。ヴァルキュリアの姿も見えない。いったい二人はどこへ行ったのか。

ダイスカップの音が止んだ。

心臓が一瞬萎縮《いっしゅんいしゅく》するような感覚があった。

運命の時であった。さらに緊張した空気が張りつめる。

「すみません、遅《おそ》くなって……」

とソルシエールの声が聞こえた。ヴァルキュリアと護衛の男も一人いる。ヒロトと同じタイミングでトイレに出掛《でか》けて、今戻ってきたらしい。

（せめてソルシエールがトイレに行かずにいてくれれば……）

とヒロトは悔しく思った。ソルシエールはお金には詳《くわ》しい。金銭管理もしっかりしている。ソルシエールの父ダルムールは城主であるが、商売も手がけていて、ソルシエールも手伝っているのだ。目の前でエクセリスがゴルギント伯との勝負を受けると言い出せば、ソルシエールが間違《まちが》いなく止めてくれていただろう。ヴァルキュリアも止めていたかもしれない——逆に、面白《おもしろ》い、やれやれ～とけしかけた可能性もなきにしもあらずだが——。

人の巡《めぐ》り合《あ》わせも一つのツキ。結局ツキがなかったということなのだろう。メティスが指摘《してき》したように、今日のヒロトに幸運の女神はいないのだ。

ディーラーが赤いダイスカップを開いた。絶望とため息の時、カモ〜ンである。

（きっと一つ目から外れ――）

ヒロトは心の中で沈黙した。幸運の女神は、少しだけ胸の谷間をチラ見せしてくれた。

一つ目の目は三だった。

（一つだけは当たったか）

女神は少しだけお慈悲《じひ》をくれたようだ。だが、当たるのもそこまで。次は違う目が出るだろう。

ヒロトは二つ目のサイコロを見た。

（え？）

少し目を疑った。幸運の女神は予想外に大サービスをしてくれていた。胸の谷間の奥まで見せてくれた。二つ目の目も三だったのだ。

（おい……！）

待てよという気分になる。まさかまさかの展開あり？　いや、まさか。そんなに世の中うまくはいかない。女神はすでに大サービスをしてくれている。これ以上となると、トップレスかヌードしかない。さすがにそれはない。もうすでにゾロ目は出ているのだ。

三つ目の目は――。

ゴルギント伯の目が宙を泳いだ。ゴルギント伯の後ろで、屈強《くっきょう》なアグニカ人の騎士が呻《うめ》いた。ヒロトの後ろで、ヒュブリデ人の騎士も呻いた。

「まさか……」

アルヴィのため息が聞こえた。ヒロトもエクセリスも声が出なかった。そしてミミアは、無言でガッツポーズを決めた。

三・三・三――オール三のゾロ目だった。配当は最高の百八十倍。俗《ぞく》にビギナーズ・ラックと言うが、とんでもないビギナーズ・ラックだった。

賭けた金額は百ログスだったので、カジノからの配当は一万八千ログス。賭けた百ログスは戻るので、合計一万八千百ログス――三千二百五十八万円――が手に入ることになる。そこからエクセリスが負けた六千百ログスを引くので、配当は一万二千ログス――二千百六十万円――大金である。いないと思っていた幸運の女神《めがみ》が、最後の最後でヒロトの許に舞《ま》い降《お》りたのだ。谷間を見せるだけでなく、胸をすべて見せてくれたのである。

「これで二戦勝負は終わりです。おしまいにします」

とミミアは終幕を告げた。

「逃《に》げるのか！」

とゴルギント伯が声を荒《あら》らげる。

「元々二本勝負だったはずです！」

とミミアが言い返す。

「ディーラー！　貴様、わざとやったな！　わざと三のゾロ目を出したな！　卑怯《ひきょう》だぞ！」

とゴルギント伯がディーラーに噛《か》みついた。

「エルフはイカサマはいたしません」

とむっとした様子でディーラーが返す。

「したのであろうが！　でなければ、四のゾロ目の後に三のゾロ目が出るか！」

「毎回三のゾロ目を出す技術はこの世に存在しません！　何度もいらっしゃってるゴルギント様ならおわかりでしょうに！」

とエルフのディーラーも負けてはいない。

「ゴルギント様、冷静に。大声は当カジノにはふさわしくございません」

とエルフのスタッフが歩み寄る。

「誰が――」

「ゴルギント様は勝負には負けておいでではありません。勝負には勝っておいでです。ただ、こちらの方が大きく当てたということでございます。それしきのことで騒《さわ》がれては、ゴルギント様の威厳《いげん》に関わります」

とスタッフが柔和《にゅうわ》な声で囁《ささや》いた。

ゴルギント伯は答えなかった。ブスッとした顔をして宙を睨みつけていた。子供の時も、怒《おこ》るとそういう感じだったのかもしれない。

ともかく、ゴルギント伯は文句を言うのをやめた。それを見届けて、エルフのスタッフは小切手を書いてヒロトに手渡《てわた》した。確かに一万二千ログスと記してある。

「エクセリス様、仇《かたき》は取りました」

とミミアがエクセリスに顔を向けた。

「ミミアァ……！」

エクセリスがミミアに抱きつく。エクセリスの方がミミアより数歳《さい》は年上なのに、両目《りょうめ》尻《じり》からは涙《なみだ》があふれている。

（損失は免《まぬが》れた……それどころか、大勝した……）

ヒロトは身体の力が抜《ぬ》けそうになった。正直、外交でもこんなに緊張したことはない。すんでのところで最悪の結果から救われたのだ。ミミアの起こした奇跡《きせき》によって――。

「ミミア殿は博才《ばくさい》がありますな」

とアルヴィもようやく表情を崩す。

「もう行こう。正直、カジノはこりごりだ」

とヒロトは歩きだした。すぐにミミアもつづく。目元を拭《ぬぐ》いながらエクセリスが、そして事情が呑《の》み込《こ》めていないソルシエールとヴァルキュリアもつづく。ふいに背中の方から、太い声が掛かった。

「小僧！　勝ったと思うなよ！　貴様は逃げたのだ！」

ゴルギント伯が燃えるような目で睨みつけていた。憎悪《ぞうお》と敵意に満ちている。ヒロトは無視してさらに歩みを再開した。その背中に、またゴルギント伯の怒号《どごう》めいた叫び声が掛かった。

「貴様は勝負する度胸もない男だ！　必ず敗北を知ることになるぞ！」

第二章　予感

1

白地に金の装飾《そうしょく》が施《ほどこ》された壁《かべ》には、高さ数メートルの巨大《きょだい》な鏡がいくつも埋《う》め込まれていた。天井《てんじょう》には精霊《せいれい》の灯《ひ》と天国への迎《むか》えが描《えが》かれている。二十メートル四方の広大なサルーンである。

ヒュブリデの大貴族ルメール伯爵のサルーンに集まっているのは、貴族会議への参加資格を有する大貴族たちだった。すでに裁決が終わって、大貴族たちは万雷《ばんらい》の拍手《はくしゅ》で決議を歓迎《かんげい》しているところだった。

少し長めの金髪《きんぱつ》のイケメンが立ち上がり、拍手に対して右足を引いて身体を前に屈《かが》め、腕《うで》を軽く胸に当てて感謝のポーズを示す。ルメール伯爵である。拍手はなかなか止まない。ルメール伯爵は笑顔《えがお》を上げて、高らかに勝利の宣言を放った。

「お集まりいただいた方々に感謝申し上げる！　我ら貴族会議は、本日、軍事に対するいかなる課税も認めぬことを決議した！　諸外国への兵の派遣に関わる課税は、いかなるものであろうと我々は認めることはできない！」

2

ルメール伯爵が気炎を上げた屋敷から数十キロ――テルミナス河沿岸のヒュブリデの港で、ヒュブリデ王の保有するガレー船が赤い火の粉を巻き上げていた。燃え上がった赤い炎の胴体がまるで龍のように空へと向かってうねっている。これからのヒュブリデの未来を象徴するかのように禍々《まがまが》しい赤い弧を空に描いていた。

3

レグルス共和国カリドゥス――。
ミイラ族の娘ミミアは、黒い馬に跨《また》がってヒロトの背中に身体を押《お》しつけていた。若さいっぱいのパツンパツンの豊満なオッパイは、服の中でひしゃげて大好きな主人の身体に密着している。ミミアの頬《ほお》は、少し上気していた。

（ヒロト様と馬に乗るの、久しぶりだ……）

サラブリア州にいる時は、比較的《ひかくてき》いっしょに馬に乗る時間があった。特に辺境のソルム城にいる時は、よく同じ馬に乗って、こんなふうに背中から胸を押しつけていろんなところへ出掛けていた。

でも、ヒュブリデの王都エンペリアに来てからは、同じ馬に乗る機会が激減した。ヒロトは枢密院顧問官《すうみついんこもんかん》。王国の中心人物である。

対して自分はただのミイラ族、ただの世話係――。

それでも、ヒロト様といっしょにいられるのならそれでいいと思ってきた。時々、夜のベッドでヒロト様といっしょに過ごせるのならば――。

今回のレグルス行きもそうだった。自分は世話係。一歩引いてヒロト様についていくだけ。ヒロトと同じ馬に乗るのはヴァルキュリアの特権――。

その特権が、自分に転《ころ》がり込んできたのだ。

《当てたのはミミアだから。大金持ちになれたのはミミアのおかげだから》

ヒロトはそう言って同じ馬に乗せてくれたのである。

自分は世話係。世話係が、人前で主人と同じ馬に乗るべきじゃない。

そう思って最初は固辞したが、

同乗したのだ。

《いいから乗れ乗れ〜♪》

とヴァルキュリアにも上機嫌《じょうきげん》に勧《すす》められ、ヒロトからも「ほら、乗って」と急《せ》かされて

ミイラ族の娘が王国のナンバーツーと同乗？

騎士たちは密《ひそ》かに冷視している？

そんなことはなかった。ヒロトは百ログスを現金に換《か》えて、今夜はこれで楽しんでおいでと騎士たちに手渡したのだ。

《ただし、ミミアに感謝すること。ミミアのおかげだからね》

そのヒロトの言葉で、

《ミミア殿《どの》、あざ〜っす！》

《感謝するぜ、ミミア殿》

《ミミア姫《ひめ》に敬礼〜っ♪》

と笑顔いっぱいに——時折冗談《じょうだん》も含《ふく》めて——いっぱい声を掛けてもらった。

世話係の自分が騎士から声を掛けられるなんてことは普通《ふつう》に考えてもない。それだけに、心に湯気が立つ感じだった。頬だけでなく心も上気していた。

思い切って、あの時自分が代わりに勝負を受けてよかったとミミアは思った。

ヒロトからは、よく当てられたねと言われた。
《ずっと、頭の中で声がしてたんです。三だ、三だ、三だって。三回くり返すんです》
とミミアは説明した。
《それで、きっとゾロ目の三だと思って。ゾロ目の三が来るんだ、今やらなきゃって思って……》
ヒロトは感心していた。
《本当にありがとう。凄《すご》く助かった》
ミミアはヒロトの後ろで首を横に振《ふ》った。本当に思い切ってよかったと思った。ヒロトからは止められたけれど、拒《こば》んでよかった。
好きな人がいない時は、自分の喜びは自分の喜びだけでできている。他人の喜びは含まれていない。でも、好きな人ができてその人と付き合うようになると、その人の喜びも自分の喜びになる。自分の喜びだけが自分の喜びである状態から、自分の喜びと恋人《こいびと》の喜びとが自分の喜びの状態になるのだ。
ヒロト様を助けられて、本当によかったと思った。ヒロト様のほっとした笑顔を見られてよかった。こんなに感謝してもらえるなんて――。
ただ――。

ミミアは後ろを振り返った。

今夜の酒を想像してはしゃぐ騎士たちとは対照的に、エクセリスだけは一人、日陰《ひかげ》にいるような感じだった。一人だけ照明が点《つ》いていなくて、一人だけ真っ暗な世界にふさぎ込んでいるみたいだった。

（エクセリス様……大丈夫《だいじょうぶ》かな……）

4

旅館までの十分ちょっとの道のりは、ヒロト専属のエルフの女書記官エクセリスにとっては長い長い、冥界《めいかい》への片道だった。

騎士たちのはしゃぐ声はエクセリスの耳にも聞こえていたが、透明《とうめい》の膜越《まくご》しに聞こえてくる感じだった。自分だけ喜びの世界から遮断《しゃだん》されていて、自分だけ暗黒の世界にいるみたいだった。

同じエルフの騎士アルヴィからは、こっぴどく叱《しか》られた。

《エルフの恥《はじ》だ！》

そうまで言われた。

《主君を手伝う立場にある者が主君に負債《ふさい》をこしらえるなど、何を考えているのだ⁉　ヒロト殿は勝負は受けぬと断られたのだぞ⁉　酔っていたからといって許されることではないぞ！　大長老からもお叱りがあるものと思え！》

反論のしようがなかった。すべては自分のせいなのだ。自分が悪いのだ。

誰《だれ》かが止めてくれていれば？

あの時ソルシエールがいれば――あの時ヴァルキュリアがいれば――。

他人のせいにしてはいけない。本来自分を止めるべきは自分なのだ。自分を一番律するべき者は自分なのである。

自律――自分を律すること――をエルフは人一倍叩《たた》き込まれて育てられる。人間よりも自律の力があるはずの自分が、自分を律することができずにヒロトに迷惑《めいわく》を掛《か》けてしまうなど、許されないことだ。

ヒロトは関係ない？　賭《かけ》を受けたのは自分？

もちろん。

負債を受けるのは自分？

道理としては。でも、六千ログスなんて、自分が支払《しはら》える金額ではない。一年二年仕事をして払って返せる金額でもない。ヒロトが立て替《か》えるしかない金額だ。結局、上司であるヒロトが肩代わりして負債を負う以外ないのである。

ミミアがいなければ、六千ログスの負債がヒロトに降りかかっていた。その原因をつくったのは、他ならぬ自分——。

アルヴィが普段になく厳しい言葉を向けるのも仕方がない。自分はきっと大長老にも叱責されるだろう。最悪、書記を辞《や》めるように言われるかもしれない。ヒロトのそばを離《はな》れてサラブリアへ戻《もど》ることになるかもしれない。

ヒロトは自分を慰留《いりゅう》する？

わからない。

酔って大迷惑《だいめいわく》を掛けた自分に、ヒロトは愛想《あいそ》を尽《つ》かすかもしれない。もう見たくない。愛情が薄《うす》れた——。

今回のことでヒロトからは嫌《きら》われてしまったかもしれない。でも、それだけのことをしたのだ。そしてそれは、自分が招いたことなのだ。自分はその咎《とが》を背負わなければならない。

旅館に戻ると、エクセリスは一人だけヒロトの部屋に残された。普段ならヒロトと二人きりになるのは愛の時間のスタートだが、今日は違っていた。

説教タイム。

きっと厳しく叱責されるだろう。耐《た》えがたい罵倒《ばとう》の言葉もあるだろう。でも、それは自分のせい。自分の責任として耐え忍《しの》ばなければならない。

もしかすると、ヒロトに別れを切り出される時間かもしれない。あんなことをする女とは思わなかった。失望した。もう会いたくない。そう言い出されてしまうかもしれない。

不安に胸が押し潰《つぶ》されそうになった。怖《こわ》くてヒロトを正視できない。自分は大それたことをしてしまったのだ。いやな未来が来てもおかしくはない。いや、きっと来てしまうだろう。

ヒロトは先にベッドに腰《こし》を下ろした。エクセリスは座《すわ》らずに立っていた。とても座る気にはなれなかった。

「おいで」

ヒロトが自分のすぐ隣《となり》を軽く叩いた。

エクセリスは顔を動かさずに目だけを動かした。

ヒロトの隣。

いつもなら一番行きたい場所なのに、今日だけは行きたくない。行けば、後には説教と別れが待っている。厳しい言葉を言われ、そして悲しい未来を告げられるに決まっている。

愛情が薄れた。

しばらく離《はな》れ離《ばな》れの方がいいと思う。

きっとそう言われるのだ。こんな不始末をして、ヒロトが自分を好きでいるはずがないのだ。

「早く」

言われて、エクセリスはようやくヒロトの隣に近づいた。近づいても、すぐには座れない。

座ったら一巻の終わり。その先は、きっといやな悲しい未来につながっている。

「座って」

再度ヒロトは促《うなが》した。ヒロトは自分に引導を渡《わた》すつもりなのだ、とエクセリスは思った。

あとは、渡されるのが早いか遅いかしかない。なら——もう早い方がいい。

それでも座るまで、エクセリスは十秒以上を費《つい》やした。自分がこれだけ意気地《いくじ》なしだと知ったのは、初めてである。

いざ座ったものの、やはりエクセリスは黙《だま》っていた。

ごめんなさいと謝《あやま》る？

謝っても、もう未来は決まっている。悲しい未来は変えられない。

わたしを嫌いにならないで。

わたしを捨てないで。

そうすがる？

ヒロトは弁舌の人だ。雄弁という理性の側の人間だ。そんな情への訴《うった》えかけがうまくいくはずがない。それは仕事人としてヒロトのそばにいた自分が一番わかっている。

来《きた》るべき未来に耐えきれなくて、エクセリスは自分から切り出した。

「荷物はすぐにまとめるわ……王都に戻ったら、すぐにサラブリアに――」

「なんでサラブリアに行くんだ？」

ヒロトが聞き返す。

怒ってる。

きっと怒ってる声だ。

「だって、わたしの顔……見たくないでしょ……？　怒ってるでしょ……？」

「なんで怒るんだ？」

「だって、わたし、あなたにひどいこと――」

目の奥《おく》が、鼻が、熱くなった。鼻の奥がツンとして、そうなったらもう涙は止められなかった。

自分はヒロトにひどいことをした。

自分が助けるべき相手、サポートするべき相手に、ひどいことをした。

この世で一番好きな人に、ひどいことをした――。

そんな思いが込み上げて、申し訳なさと情けなさと悔《くや》しさとが涙になって爆発した。少女に戻ったみたいにしゃくりあげる。

「誰だってヘマぐらいやる」

とヒロトがいきなり抱き締めてきた。

「しちゃいけないヘマだってあるわ……！」

しゃくりあげながら涙声《なみだごえ》で反論する。でも、嗚咽《おえつ》で声にならない。

「お互《たが》いのヘマを許し合えるのが、男と女が付き合うってことだろ？　あんなヘマ、許せなくてどうすんだよ」

「でも、六千ログス……」

「六千ログスでぼろぼろのエクセリスの涙が見られるのなら、高くはない」

とヒロトはうそぶいた。

エクセリスはわっとヒロトに泣き伏《ふ》した。ヒロトにしがみついて、今度は号泣《ごうきゅう》した。しゃくりあげるのではなく、うう、うううぅっと唸《うな》るように泣き声を響かせた。

「おれの方からは何も言わない。アルヴィが怒った。君は反省した。ミミアが全部取り返して大金を運んでくれた。それでいい。次はヘマをしなけりゃいい」

とヒロトがエクセリスの髪《かみ》を撫《な》でた。エクセリスはさらにボルテージを上げて、少女のように泣いた。

ヒロトは怒ってなどいなかった。嫌いにもなっていなかった。ただ、エクセリスが自分で思《おも》い詰《つ》めていただけだった。

エクセリスが泣いている間、ヒロトはずっとエクセリスの金髪を撫でていた。十分以上は泣いていたはずなのに、その間金髪を撫でつづけていた。

さんざん泣いてようやくエクセリスはヒロトの服から顔を離した。

「きっとまぶたが腫《は》れてる……」

「おれ、今の顔の方が好き」

「意地悪」

とエクセリスは言い返して、やっと微笑《びしょう》を浮《う》かべることができた。

「次はやんなきゃいいんだ。大長老のところにはおれもいっしょに行くから。おれもいっしょに怒られてくるから」

とヒロトが優しく諭《さと》す。

「ヒロトは悪くない」

「一応、上司の責任だから。それに、エクセリスが大長老に怒られるところ、見てみたいし」

「意地悪」

とエクセリスは濡《ぬ》れた目に微笑を浮かべた。ヒロトが再びエクセリスを抱き締めてきた。エクセリスは、今度は安心してヒロトの背中に両手を回した。

「次はもうやんないようにしよう。ね？」

ヒロトの優しい声に、エクセリスはうなずいた。

5

照明の消えた寝室《しんしつ》のベッドにヒロトは寝転《ねころ》がっていた。すぐ隣ではエクセリスが裸《はだか》の胸を押しつけて寝息《ねいき》を立てている。

彼女《かのじょ》に対して、アルヴィからは甘《あま》いと言われるのかもしれない。

だが、ヒロトに嫌われてしまった、自分は暇《いとま》を告げられるに違《ちが》いないとまで思い詰めた女に対して、きつく言う気持ちにはなれなかった。

人が過《あやま》ちを犯《おか》した時、厳しい言葉を向けなければならない時もある。だが、常に厳しい言葉を向ければいいわけではない。

叱責は、叱責側がすっきりするために行うものではない。相手に言葉を響かせるため、響かせて今後の行動を変えさせるために行うものだ。相手の心に充分《じゅうぶん》に響いているのなら、追い打ちは逆効果になる。追い込みすぎれば、相手は行動を変化させようと決意するのではなく、自分を罰《ばつ》しようという自罰の方向へ向かってしまう。それは今後の行動の変化にはつながらない。でも、叱責する側が一番欲《ほ》しいのは今後の行動の変化なのだ。

ミミアが大逆転の勝利を運《はこ》び込んでくれていなくても、自分は同じように許しただろうか？

わからない。

ただ、お金の工面はずっと考えていただろう。エルフの商人に前借りすることになっていただろうが、大きな借りとなっただろう。政治的にはあまりうれしいことではない。

もし大負けしたまま幕切れとなっていれば、ゴルギント伯《はく》は何かいやな取引を持ちかけてきたかもしれない。

エクセリスを落ち着かせた後、ソルシエールからゴルギント伯の話を聞いた。アルヴィも説明してくれたように、サリカ伯ゴルギントはグドルーン女伯の重要な、そして最大の支持者だった。グドルーン女伯はアストリカ女王とアグニカ王位を争った女である。

ゴルギント伯は、アグニカ王国でも五本の指に入る権力者でもあった。権力のベースは、王国最大の貿易港サリカから得られる膨《ぼう》大《だい》な関税収入だった。ゴルギント伯の先祖はサリカ港を切り開いた人物であり、代々サリカの都市伯を務めている。サリカの関税収入はアグニカ王国も霑《うるお》しているが、ゴルギント伯の懐《ふところ》も大いに霑している。関税から得られる膨大な収入がゴルギント伯をアグニカ国でも指折りの金満な権力者に仕立て上げているのだ。ヒロトに最低百ログスの賭《か》けを仕《し》掛けたのも、その収入のおかげである。

グドルーン女伯も、王位争いの頃《ころ》はゴルギント伯から相当資金援《えん》助《じょ》を受けたようだ。結局王位にはアストリカが即《つ》いたが、即《そく》位《い》を認める代わりに引き続き自分がサリカ伯に留まることを承《しょう》諾《だく》させたという。それが内戦を避《さ》ける結果になった。

ヒロトがアストリカ女王とグドルーン女伯の名前を持ち出した時、ゴルギント伯の目に期待したほどの感情的反応が現れなかったのはそういう経《けい》緯《い》があったのだ。グドルーン女伯もアストリカ女王も、ゴルギント伯には借りがある。二人の名前を持ち出したところで、別に臆《おく》する必要はないのである。

ヒロトは今さらながら、なぜグドルーン女伯とガセル王国のドルゼル伯爵《はくしゃく》との会見がサリカで開かれたのかを理解した。自分の最大の支持者の町だったからこそ、グドルーン女伯はサリカを指定したのだろう。サリカ近辺には河川賊《かせんぞく》が潜《ひそ》んでいるが、ヒロトたちの訪問中、河川賊の話は聞いていない。おとなしくするようにゴルギント伯が圧力を加えていたのかもしれない。ひょっとすると、ヒロトとグドルーン女伯とドルゼル伯爵の鼎談《ていだん》に対してゴルギント伯は自分も参加させろと言っていて、グドルーン女伯は断ったのかもしれない。それもヒロトへの敵意の源だとすれば――。

（権力と金を持っているやつは厄介《やっかい》だ……）

政治の世界は、いくつかの権力バランスで成り立っている。絶対王政も、君主は絶対的な権力を握《にぎ》るのではなく、王に対して影響力《えいきょうりょく》を持つ複数の団体との折衝《せっしょう》の上に成り立っていた。だが、アグニカ王国の場合は権力の中心が女王一つではなく三つほどあって、複雑な権力の網《あみ》の目でできあがっているらしい。

《ゴルギント伯は私掠船を持っているの。自分に刃向《はむ》かう者に対しては、私掠船に命じて強奪《ごうだつ》や破壊《はかい》をさせているらしいの。表向きは河川賊に襲《おそ》われたということになるみたいだけど……》

そう、ソルシエールは気になることを話していた。次にヒロトがアグニカ王国を訪問した時、ゴルギント伯は私掠船をぶつけてくるかもしれない。それよりも前に、ヒュブリデの商船がグドルーン女伯が支配するシドナ港で明礬石《みょうばんせき》を積んで帰国する時、私掠船で強奪を仕掛けてくるかもしれない。

（またアグニカでトラブルが起きるかもな……）

第三章　都市伯と妹

1

アグニカ王国最大の港サリカ――。

埠頭《ふとう》に立ち、赤い三角の屋根が乗っかった直方体の商館を仁王立《におうだ》ちで見上げているちっこい女が、一人いた。

身長は百五十センチちょうどほど。身体は細身で胸はぺったんこである。胸のふくらみは丘《おか》にすらなっていない。まな板のように平板である。

髪の毛は黒い元気なツインテールで、顔は童顔だった。中学生か小学生高学年みたいな顔をしていて、頬にそばかすがある。子供っぽい顔だちだったが、水色の長袖《ながそで》のワンピースを着て、袖《そで》のない短い丈《たけ》の白いレースのケープを上に羽織っていた。ヒュブリデ特産の、高価な水青染《すいせい》めである。レースのケープも、手間が掛かるので高い。どれも高級品である。意図的に高価な衣装《いしょう》を着て、自分は儲《もう》かっているぞとアピールしているのだ。さらに手首にはシビュラが着けていた赤・青・黄色の数珠状《じゅず》のブレスレットを着けていた。

女商人カリキュラだった。不幸な最期《さいご》を遂《と》げた女商人シビュラの実の妹である。姉の跡《あと》を継《つ》いで商会の代表になったのだ。今回は代表になって初めての、アグニカでの取引である。

風は穏《おだ》やかだった。あまり湿度《しつど》も高くない。彼女の商売上の初戦を応援《おうえん》しているかのようだ。

カリキュラは、天国の姉に向かって心の中で誓《ちか》った。

（お姉ちゃん、見ていて。絶対仇《かたき》は取るから。裁きは受けさせるから。お姉ちゃんができなかった取引も、こっちにいいようにまとめてみせるから）

2

満々と碧色《へきしょく》の水を湛《たた》えて流れる大河テルミナス――。派手な爆乳《ばくにゅう》の女神を彫刻《ちょうこく》した船首像を見せつけながら、一隻《せき》の船がサリカ港の埠頭に接岸しようとしているところだった。

円い船室の窓からは、赤いシルクの掛《か》け布団《ぶとん》の上に白いカバー、さらにベッドの足許《あしもと》近くには横に細長い青い布、ベッドスローが見える。その上に両脚《りょうあし》を投げ出して巨漢《きょかん》を沈《しず》み込《こ》

ませているのは、アグニカ王国の大貴族にしてサリカ伯ゴルギントだった。

数日経過して領地に戻ってきたところだったが、不愉快《ふゆかい》であった。原因は、よそ者のくせに勝手に人の国に入り込んで勝手に余計な税を設け、勝手に余計な裁判協定を取り決めた憎《にく》き若造である。今でもなぜ、我らが盟主と仰《あお》ぐグドルーン伯が売国の協定に調印したのか、納得《なっとく》できない。協定については、見なくても内容は覚えている。

・アグニカはシドナを首《はじ》めとして、山ウニを扱《あつか》う三つの港に交易裁判所を設ける。
・原告の資格は、アグニカ国王より特許状を得ている者に限定する。
・山ウニについては、前回より二倍以上、または一年以内のものより二倍以上の値を提示された時、提訴《ていそ》できるものとする。
・以上の条件が満たされている場合、山ウニの価格に対する訴えは、即日《そくじつ》直ちに受理されるものとする。
・裁決は一カ月以内に下されるものとする。裁決で不当と判断された場合、二週間以内に過払《かばら》い分を返却《へんきゃく》しなければならない。
・山ウニを商《あきな》う者は、仕入れ値の記録を常備すること。値段について不当であると訴えがあった場合はすぐに提示して公正さを証明しなければならない。

・提示できなかった場合、前回の取引の値段で売るものとする。
明らかにガセル人に有利な内容だった。
《ガセルの馬鹿どもが我先にと悪用しますぞ！　我らの商人たちが破産しますぞ！》
グドルーン伯には、直接会って抗議《こうぎ》した。
《そうならぬように配慮《はいりょ》はしてある。裁判所に訴えることができるのは、特許状を持つ者だけだ》
それがグドルーン伯の返事だった。
《普通に商いをしておる者は、皆《みな》、特許状は持っております！　皆、悪用しますぞ！　こちらが帳簿《ちょうぼ》をつけておろうが、向こうは偽《にせ》の購入《こうにゅう》記録をでっちあげて、この値段で購入しているのだから協定違反《いはん》だと吐《ぬ》かしてぼったくろうとしますぞ！　それに対して何ら策がないではありませんか！　ぼったくられっぱなしではないですか！》
グドルーン伯とは意見の一致《いっち》を見なかった。今でも気分はすっきりしていない。グドルーン伯とドルゼル伯爵と小僧《こぞう》の鼎談に自分も参加していれば、こうはならなかったのにと悔しくなる。それだけにカジノで小僧と会った時には、一杯喰《いっぱいく》らわせてやる千載一遇《せんざいいちぐう》のチャンスだと思った。だが、卑怯にも小僧は逃げた。キンタマもついていない、女みたいな腐《くさ》ったやつである。男ならば、正々堂々と勝負すべきだ。

小僧は逃げたが、家臣の女エルフは受けて立った。相当酔《よ》っぱらっていたようだが、知ったことではない。エルフは高潔で知られる気高い連中だが、自分に負けて小娘《こむすめ》のように青ざめていた。

実に痛快であった。

高潔なエルフ？

どこが？

所詮《しょせん》、エルフといえども人間と変わらぬ。金を前にしては人間もエルフも同じだ。大金を失えばあたふたして醜態《しゅうたい》を見せる。胸のすく思いであった。小僧は取り消させようとしていたが、カジノのスタッフは聞き入れなかった。

当然だ。

あの勝負は、自分とエルフの小娘とのものなのだ。それを赤の他人がやめさせることなどできないし、勝負の無効を宣言することもできない。

見るところ、あの女エルフに六千ログスを支払《しはら》う力はなさそうだった。それはゴルギントもわかっていて勝負したのだ。裸になるまで毟《むし》り取ってやるつもりだった。たったの二本勝負だったのでどこまでできるかと思っていたが、見事裸にひん剥《む》いてやることができた。

エルフの小娘は完全に我を失っていた。あとは二本目の勝負を済ませて六千ログスの支払いを要求するだけ――。

払えない？

ならば、身体で払えと言ってやるまでだ。もし抱《だ》ければ、きっといい抱《だ》き心地《ごこち》だったであろう。身体で払えぬというのなら、家臣の尻拭《しりぬぐ》いは上司にさせるまでだ。六千ログスを小僧が払えばよい。あとに残るのは、家臣が自分と勝負して大負けしたという失態と不名《ふめい》誉《よ》だけ。もちろん、黙っているつもりはない。アグニカ中、否、ガセルにもピュリスにもヒュブリデにもばらまいてくれる――。

そのつもりだったのに、あの金髪の小娘がすべて台無しにしたのだ。自分が六のゾロ目を出した後に三のゾロ目が出るなど、ありえぬことだった。しかもあとで聞けば、小娘は下層階級のミイラ族の者だったらしい。

これ以上にない不名誉だった。代々サリカ伯を務めてきた高貴な家柄《いえがら》の自分が、最下層の女と勝負するなど――。下層のゴミ屑《くず》がこの自分と勝負など、断じて許されるものではない。

いったいどうしてくれようとゴルギントは思った。エルフのディーラーは否定したが、きっとディーラーがミイラの化け物に憐憫《れんびん》の情を懐《いだ》いて三のゾロ目を出したに違いない。でなければ、あんな奇跡《きせき》が起きるものか。下層のゴミ屑がこの自分に勝てるわけがないのだ。あの小僧が密かに目配せして配慮しろと命じたのかもしれない。

本当はあの小僧をぶん殴《なぐ》ってやりたかった。だが、あの男のそばにはヴァンパイア族がいた。女だが、侮《あなど》れない様子だった。あの女はリンドルス侯爵《こうしゃく》が高価な真珠《しんじゅ》のネックレスを持って詫《わ》びに行った相手のはずだ。

吸血鬼《きゅうけつき》など恐《おそ》るるに足らず？

愚《おろ》かな部下が吸血鬼の子供を半殺しに遭《あ》わせたためにマギア王ウルセウス一世が千人の吸血鬼に包囲されたことは、ゴルギントも知っている。たった一匹《ぴき》の吸血鬼によって一万のピュリス軍が渡河《とか》の途中《とちゅう》に壊滅《かいめつ》させられたことも知っている。だからこそ、アストリカ女王とリンドルス侯爵は吸血鬼を味方にしようとしたのだし、グドルーン女伯も明礬石をめぐってヒュブリデ王国と協定を結んだのだ。

吸血鬼は、我《わ》がアグニカ王国にとって必要な存在である。だが、そのせいで小僧の回りには吸血鬼がいる。今日いたのは女の吸血鬼だったが、胴体《どうたい》の筋肉も非常にしっかりしていた。迂闊《うかつ》に刺客《しかく》は送れない。だが、あの小僧には泣きっ面《つら》をかかせたい。跪《ひざまず》かせてやりたい――。

（私掠船《れんちゆう》に命じてヒュブリデの商船を強奪させてやるか？　大事な明礬石を積んだ船を沈めてやるか……？）

船が揺《ゆ》れた。接岸に成功したらしい。すぐに扉《とびら》がノックされて、ごつい騎士《きし》が一人入ってきた。昔から自分に仕えている家臣の一人である。

「ゴルギント様、ご用意ができました」

返事せずにゴルギントは立ち上がった。騎士について船室を出る。甲板《かんぱん》では、テルミナス河の爽《さわ》やかな微風《びふう》が出迎《でむか》えた。今日はあまり湿度が高くない。埠頭に沿って、ピュリスの商船が接岸している。ガセルの商船も見える。

（屑どもが）

胸の中でガセル人に呪詛《じゆそ》を吐いて、渡り橋に足を踏《ふ》み入れる。橋の先には細身の執事《しつじ》が待っていた。執事の後ろには深紅《しんく》と金の装飾を施した馬車が控《ひか》えている。

「お帰りなさいませ、ゴルギント様」

と執事が声を掛ける。

「屑どもは騒《さわ》がなかったか？」

と執事に尋《たず》ねてゴルギントは豪華《ごうか》な馬車に乗り込《こ》んだ。ヒュブリデ製のもので、尻《しり》が痛くならない。

「おとなしいものでございます。ただ、さきほど気になる者を見かけました」

「気になる者？」

ゴルギントはシートに腰掛《こしか》けて尋ねた。執事も馬車に乗り込んで斜《なな》め前《まえ》に座り、

「先日死にましたガセルの女商人の妹が見えたようです」

気になることを言った。

「文句を言いに来たのか？」

「かもしれません」

ゴルギントはぎろりと目を剥いた。どす黒い殺気が目に宿っている。

「ごねるようなら消せ。訴えは全部却下《きやつか》させろ」

3

赤い三角の屋根が乗っかったアグニカ人の商館の一階で、ガセルの商人カリキュラは眉《まゆ》をピクピクさせていた。怒《いか》りで眉間《みけん》に皺《しわ》が寄っている。

面しているのは、後ろに二十個の緑色の山ウニを並べた太ったアグニカ人の商人だった。首に真珠のネックレスをしている。真珠はこの世界では高級品である。自分は真珠のネッ

クレスが持てるほど儲かってますよ、だからわたしは商人として信用できますよ、というわけだ。

「何、この値段」

とカリキュラは怒りを押《お》し殺して突《つ》っ込んだ。

「この間とまた入荷 状況《にゅうかじょうきょう》が変わってな。これだけ掻《か》き集めてくるのも大変だったんだ」

と太ったアグニカ人商人が答える。

「わたしのこと、舐《な》めてるだろ？」

「は？」

聞き返した途端《とたん》、

「なんでお姉ちゃんの時の倍なんだよ！　お姉ちゃんにいくらで吹《ふ》っ掛けたか、知ってんだぞ！」

とカリキュラは怒りを爆発《ばくはつ》させた。太ったアグニカ商人は、明らかにぎょっとした表情を見せた。確かに値段は姉に吹っ掛けたもののちょうど倍額だった。まさか、カリキュラがシビュラに吹っ掛けた値段を正確に知っているとは思わなかったらしい。

「だから、前よりもものが入らなくて……」

とアグニカ人商人は鼻の頭を指の側面で撫でた。カリキュラの目が光った。

「それ、嘘《うそ》をつく時の癖《くせ》！　それもお姉ちゃんから聞いた！」

さらにアグニカ人商人はびくっとふるえあがった。

「わたしがちびだからって何も知らないと思うな！　ここに来る前に他の商人にも聞いたんだぞ！　山ウニは凶作《きょうさく》になんかなってないぞ！」

カリキュラの怒号《どごう》に、

「いや、よそはそうかもしれんが、うちの取引があるところは凶作なんだよ……！　いやなら他を当たれ！　こんなものはもう手に入らんぞ！」

とアグニカ人商人は反撃《はんげき》した。もちろん、カリキュラも負けてはいない。

「お姉ちゃんの時より下げろ！」

「そんな安値で売れるか！」

とアグニカ人商人も退かない。だが、カリキュラも退かない。

「他のお客はもっとイボが高くてトゲトゲのものの方を欲しがるんだよ！　イボの低いものの方がいいっていうお客さんは、うちのお客さんしかいないんだよ！」

「とにかく値引きはせん！」

とアグニカ人商人は突っぱねた。

「なら、訴えてやる」

とカリキュラは最終手段に出た。

「おお、訴えろ訴えろ。姉と同じように却下されるぞ」

アグニカ人商人にいなされて、

「今に吠《ほ》え面《づら》かくな！」

言うが早いか、カリキュラはサリカ港の交易裁判所へ走りだした。

4

渋《しぶ》い濃茶色《こいちゃ》のカウンターの前で、カリキュラの眉はぴくぴくと痙攣《けいれん》していた。唇《くちびる》はわなわなとふるえている。

歴史はくり返す——。

「なんでじゃ〜っ！」

カリキュラは甲高《かんだか》い声で叫《さけ》んだ。姉のシビュラの時と同じく、交易裁判所は訴えを受理しなかったのだ。

「第一に訴える資格を満たしていない。子供は無理だ」

細身の裁判官の言葉に、

「き〜〜〜〜っ！　誰が子供じゃ！　これでも大人じゃ！」

とカリキュラが暴れる。

「胸がない」

「胸がない大人の女だっているわい、バカタレ〜〜〜ッ！」

とかなり口が悪い。細身の裁判官はわざとらしく咳払《せきばら》いをした。

「シビュラの書き置きは、証拠《しょうこ》としては認められない。それから、そもそも売買は成立していないのだから、前回の倍額ということにはならない」

「一年前の四倍だろうが〜〜っ！」

となおもカリキュラは噛《か》みついた。

「ガセルとの裁判協定発効以前に行われた取引は、協定の対象に入らない」

とアグニカ人裁判官が突っぱねる。

「そんなアホなことがあるか〜〜っ！『前回より二倍以上、または一年以内のものより二倍以上の値を提示された時、提訴できるものとする』って書いてんだろ〜が〜〜〜っ！」

「協定発効前の取引は、前回にも一年以内にも含《ふく》まれない」

機械的に細身のアグニカ人裁判官が告げる。

「そんなこと書いてないだろ〜が〜〜っ！　お姉ちゃんに対して言ったのと同じこと言い

やがって、どこまで腐ってんだ！　知ってんだぞ！　おまえらがお姉ちゃんを殺したろ！　ゴルギントに命令されて、お姉ちゃんを殺したろ！」

とカリキュラは叫びまくった。すぐさまアグニカ人のごつい騎士が近寄る。

「それ以上抗議する場合は、牢《ろう》に放《ほう》り込む」

と細身の裁判官は告げた。カリキュラは裁判官を睨みつけた。

「ほざけ！　こっちが放り込んでやるわ！　ここで待ってろ！」

カリキュラは交易裁判所を飛び出した。すぐ隣はヒュブリデの商館である。振《ふ》り向きもせずにガセル人の部下を引き連れて港を突き進《すす》む。自分が乗ってきたガセル商船に辿《たど》り着くと、渡り橋を渡って船内に飛び込んだ。

甲板と船室では二十名の騎士がトランプに興じていた。

「やっぱりお姉ちゃんの時と同じことを言いやがった！　裁判官をボコボコにして！」

カリキュラの言葉に、騎士たちはカードを置いて立ち上がった。カリキュラを先頭に渡り橋を通って港に降りる。

百五十センチのちびの女の後ろに、身長百八十センチ近くの二十人のガセル人騎士――。異様な行列に、アグニカ人だけでなくピュリス人の商人やヒュブリデ人のエルフの商人も、ぎょっとして立ち止まった。

ただ行進するためだけにガセル人の騎士が行列をつくって歩くはずがないのだ。

勘《かん》のいいアグニカ人商人は、あたふたと商館の扉を閉めに掛《か》かった。交易裁判所の前に詰めていたアグニカ兵がガセル人騎士の行列に気づいたのは、その後である。慌《あわ》てて一人を裁判所に突っ込ませる。そして自身は剣《けん》を抜《ぬ》いた。呼応してガセル人騎士たちも剣を抜いた。先頭の二人が、次に後ろの二人が、さらに後ろの二人が次々と剣を抜いていく。

不穏《ふおん》な空気が一気に立ち込めた。

アグニカ人の母親が、子供の手を引いて港を足早に歩きだした。血の予感を——戦闘《せんとう》の気配を——感じ取ったのだ。きっとガセル人騎士は交易裁判所を襲撃《しゅうげき》するつもりなのだ。戦いになる。そうなったら、アグニカ人がどんなとばっちりを喰《く》らうかわからない。

交易裁判所の中から二人のアグニカ人の騎士が出てきた。ガセル人騎士が全員剣を抜いていることに気づいて狼狽《ろうばい》した。剣を抜くが、表情は冴《さ》えない。腰も少しばかり抜けている。

三対二十。

数の上では圧倒的《あっとうてき》に分が悪い。

「お、応援を呼べ！」

声高《こわだか》に叫んだ。だが、きっと間に合わない。ガセル人騎士は交易裁判所まであと二十メートルに迫《せま》った。剣を持たないアグニカやピュリスやヒュブリデの一般人《いっぱんじん》は距離《きょり》を置いて事の次第《しだい》を見守っている。

その時——いきなり空から三つの影《かげ》が迫ってきたのだ。巨大《きょだい》な黒い翼《つばさ》が低空に降下して迫ったかと思うと、ヒュブリデ商館の前に舞《ま》い降《お》りた。

一人は百八十センチ以上ある身長に分厚い胸板《むないた》とムキムキの筋肉を誇《ほこ》る精悍《せいかん》な顔だちの男だった。サラブリア連合代表ゼルディスの副官バドスである。

すぐ後ろで着地したのは、膝丈《ひざたけ》のスカートを穿《は》いた少し年上の女だった。かつて飢《う》えているところを相一郎《そういちろう》に救われたスララである。

さらにスララの隣に小さな男の子が着地した。着地してふらっとして、慌てて母親に支えられる。スララの息子《むすこ》であった。

二十人のガセル人の騎士たちが、最初に先頭から止まり、次に後ろの者、さらに次の列の者へと順番に止まった。カリキュラだけ一人進んで、途中で後ろがついてきていないことに気づいた。

「なんで止まってんの?」

ガセル人騎士たちの視線は、三人のヴァンパイア族を向いていた。中でも子供のヴァンパイア族に集中していた。

ガセル人の騎士たちも、マギア王国で起きたことを知っている。ヴァンパイア族の子供を半殺しにしたため、マギア人騎士がヴァンパイア族に虐殺《ぎゃくさつ》されたのである。報復はそれだけで済まなかった。マギアの首都にヴァンパイア族たち千人が押し寄せ、空から宮殿《きゅうでん》を包囲したのだ。

目の前にいるのは、ヴァンパイア族の子供だった。傷つければ只事《ただごと》では済まない存在である。ガセル人の騎士たちはマギアの事件のことを思い出していたのだ。

戦闘では何が起きるかわからない。剣の切り合いでは、近くの者が巻き込まれることもある。その中にヴァンパイア族が入ったら——万が一子供が含まれていたら——。

「どうしたの⁉　裁判所はすぐそこだよ！」

とカリキュラが焚《た》きつける。だが——ガセル人騎士たちは動かない。

「ちょっと！　ついてきてよ！」

急《せ》かしたが、

「今はまずい……」

と先頭のガセル人騎士が低い小さな声で答えた。

「どうして⁉」

「吸血鬼がいる。子供は特にまずい……」

「ヴァンパイア族に剣を向けなきゃいいだけじゃん！」

とカリキュラが説得しようとするが、ガセル人騎士たちは動こうとしない。

「ねえ、お願い！　裁判官をボコボコにして！」

頼《たの》み込むが、ガセル人騎士たちは動かない。三人のヴァンパイア族は別に臆する様子もなくガセル人騎士を見ている。商館の奥に引っ込んでくれれば動きようがあるのだが、ヴァンパイア族たちは商館の前に出たまま見物を決《き》め込んでいる。

アグニカ人騎士がさらに三人増えた。裁判所の前からガセル人騎士たちに対して二歩近づき、

「我らに何の用だ！」

と叫んだ。少し間があって、

「なぜ受理しなかった！」

と先頭のガセル人騎士が叫んだ。

「条件を満たしていなかったからだ！　おまえたちが来るところではないぞ！」

「卑怯《ひきょう》な真似《まね》は許さぬぞ！　我らが何もせぬと思うな！」

とガセル人騎士が叫ぶ。だが、口だけで突撃《とつげき》しようとはしない。しばらく睨み合いがつづく。

「おまえたちには必ず鉄槌《てっつい》を喰らわせてくれる！　首を洗って待っておれ！」

そう言い捨てるとガセル人の騎士のリーダーは後ろを向いた。部下に転進を命じる。行列は元来た道を戻《もど》りはじめた。

「ちょっとなんで！　話が違うよ！　ちょっと！」

その場で飛び跳《は》ねて、それから慌ててカリキュラが追いかける。ガセル人の騎士二十人は船の方へ戻っていく。アグニカ人騎士は剣を抜いたまま、ガセル人騎士たちが遠ざかるのを見ている。

ガセル人騎士が船に乗り込むのを見届けると、遠巻きに見物していたアグニカ人たちが歓声《かんせい》を上げた。やんややんやと囃《はや》し立てる。

「腰抜《こしぬ》け！」

「弱っちいやつ！」

「二度と来るな、ガセルの糞《ふん》！」

と汚《きたな》い罵《ば》倒《とう》を船に向かって浴びせる。剣を抜いたにもかかわらず、ガセル人の騎士たちは何もせずに引き上げたのだ。ヴァンパイア族の存在に萎縮《いしゅく》したのである。

サリカ伯ゴルギントは、屋敷《やしき》に着いたところで港での騒動《そうどう》を聞いた。報告者の騎士はいささか興奮した様子だったが、ゴルギント伯はいたって穏やかだった。巨漢をソファに預けたまま話を聞き終えると、

「喜んでおる場合ではないぞ。連中は必ずまたやってくる。ガセルの糞は簡単にあきらめるようなタマではない」

と厳しい声を発した。

「消しますか？」

と尋ねたのは細身の執事である。ゴルギント伯はうなずいた。

「ピュリスへ訴《うった》えようとした女の妹なら、同じようにピュリスに行くはずだ。メティスに助けを求めさせるな。到着《とうちゃく》する前に必ず消せ」

第四章　尾行《びこう》

1

二人の漁師を乗せた小舟《こぶね》が二隻、距離を置いてガセルの商船の後を追いかけていた。小舟の先頭に座《すわ》る藁《わら》の帽子《ぼうし》をかぶった男はあらぬ方に顔を向けているが、目はガセルの商船を見ている。後ろで櫂《かい》で漕《こ》ぐ藁の帽子の男も、注意深く商船を見ていた。

ゴルギント伯が擁《よう》する私掠船のメンバーであった。小舟から離《はな》れてもう一隻ある小舟のメンバーも、私掠船の一員である。

小舟の先頭に乗る男は、藁帽子《わらぼうし》の下からガセルの商船を——カリキュラの船を——監視《かんし》していた。

（閣下の見立て通りなら、やつらは東に向かう）

テルミナス河は東が下流である。そして下流にはピュリス王国がある。東へ向かえば、ピュリス王国へ向かう可能性が高いということだ。

もちろん、東に向かったから即《そく》ピュリス行きというわけではない。ポイントは次の港だ。港をやりすごせばピュリスへ向かう可能性が高くなる。

さらに下流のトルカまで尾行して、そこで息の根を止める？

まさか。

トルカ港はリンドルス侯爵の領地だ。自分たちが仕えるゴルギント伯とはあまり関係がよくない。リンドルス侯爵の領地に差しかかる前に仕留めるのがセオリーだ。

（次の港をすぎれば、連絡《れんらく》して殺《や》る）

港が見えてきた。ガセルの商船はどうするのか。

（どっちにしたって、生かしとく手だてはねえ。あのちびも、姉貴と同じく葬《ほうむ》るだけだ）

2

「なんでなのよ！」

と甲板で大声で詰《つ》め寄っているのは子供っぽい顔だちの、ちびのカリキュラだった。

アグニカの役人は卑怯なやつら。絶対お姉ちゃんと同じことをするはず。ならば、ヒイヒイ言わせるのみ――。

そう考えて騎士たちを連れてきたのに、交易裁判所まであと二十メートルのところで騎士たちは止まってしまったのだ。結局、裁判官には何もせずに引き上げてしまった。

「ヴァンパイア族がいるのに、できるわけないだろ！」

と騎士の隊長も言い返す。

「何もしなきゃ何もしないって！」

「ヒュブリデの商館は裁判所とは目と鼻の先なんだぞ⁉　剣を交えているうちに敷地《しきち》に入ることだってある！　その時に万が一、ガキを傷つけたらどうなる⁉　マギアの二《に》の舞《まい》だぞ⁉」

と騎士の隊長が声のトーンを上げる。

カリキュラは唇を噛んでうつむいた。

正直、悔《くや》しくてたまらなかった。裁判官に受理されなかったのも腹立たしかったが、それ以上に何も仕返しできなかったのがもっと腹立たしかった。お姉ちゃんを殺したのはアグニカ人に決まっているのだ。

河川賊？

まさか。

河川賊は、襲撃時に必ず相手を殺すわけではない。欲《ほ》しいのはお金。略奪《りゃくだつ》できるモノか人があれば、それを奪《うば》っていく。抵抗《ていこう》すれば殺される。

お姉ちゃんは美人だった。普通《ふつう》に考えたら、河川賊《かせんぞく》は積み荷を奪ってお姉ちゃんを人質《ひとじち》にするはずだ。あるいは奴隷《どれい》にしてキルギア辺りで売りさばく。

でも、そうはしなかった。その時点で怪《あや》しい。そもそもお姉ちゃんは交易裁判所に噛みついてから殺されているのだ。ゴルギント伯《はく》の私掠船に決まっている。お姉ちゃんが裁判所に楯突《たてつ》いたから、ゴルギント伯が命じて殺させたのだ。でも、そのお姉ちゃんの恨《うら》みを一つも晴らすことができなかった。

(メティス将軍に頼《たよ》るしかない)

とカリキュラは思った。でも、その前に港で騎士たちを下ろしていかなければならない。

ピュリスまで連れていくとなると、騎士たちにさらに手当てを払《はら》わなければならない。

「港に着いたら、すぐ出発するから」

とカリキュラは商会の部下に声を掛けた。

「ピュリスに行くのか?」

と騎士隊長が尋ねる。

「メティス将軍に訴える」

「やめた方がいい」

「なんでよ！　あんたたちがボコボコにしてくれないんなら、メティス将軍に頼るしかないじゃん！」

とカリキュラは子供っぽいキンキン声で反論した。

「私掠船の餌食《えじき》になるぞ。尾《つ》けてきてる」

言われて、え？　と声が出た。尾行のことはまったく考えていなかった。

隊長がつづける。

「二隻の漁船が来てる。さっきからずっとついてきてる。漁場を探してる振りをしてるが、違《ちが》うな。投網《とあみ》をしたのは一度だけ。しかも、あそこは投網をしても仕方がないところだ」

騎士隊長の冷静な指摘《してき》に、カリキュラは思わず振り返った。隊長の言う通りだった。商船から少し離れて二隻、漁船がいた。

「本当に私掠船の連中？」

聞こえるはずがないのに、カリキュラは声を潜《ひそ》めた。

「たぶん間違《まちが》いない。金は掛かるが、陸地で行った方がいい。それか、ピュリスかヒュブリデの船に乗せてもらうことだ。特にヒュブリデの船はエルフが乗ってるから一番安心だ。河川賊にも私掠船にも襲《おそ》われる危険性が一番低い。たまにヴァンパイア族が乗ってることもあるしな。この間も、河川賊が近づいてったらヴァンパイア族がひょっこり顔を出したんで、慌てて引き返したってのがあったらしい。金を払って乗ってもらってることもあるらしいぞ」

その話はカリキュラも聞いたことがあった。たまたまヴァンパイア族が乗っていたヒュブリデの商船に河川賊が乗り込んできて、ヴァンパイア族が何だおまえら、と顔を出したところ、うわっ、吸血鬼と叫んで全員舟《ふね》に戻っていったという。

一人の吸血鬼に対して勝てないと思っている？

そうではない。一人の吸血鬼を殺害した時の報復を恐れているのだ。ヴァンパイア族は空を飛べる。その空の機動力を活《い》かして自分たちの住処《すみか》を突き止《と》められて全滅《ぜんめつ》させられることを恐れているのだ。子供を一人半殺しにしただけで千人のヴァンパイア族が押し寄せたのだ。

（そうか……ヒュブリデか……）

裁判協定には、ピュリス王国は絡《から》んでいない。もちろんメティス将軍も絡んでいない。だが、ヒュブリデ王国は絡んでいる。協定を結ばせたのはヒュブリデ王国国務卿兼辺境《こくむきょうけんへんきょう》伯《はく》ヒロトである。

（大元に行った方がいいかもしれない……）

カリキュラは、ちょうど通りかかった部下を呼び止めた。

「港にヒュブリデの船って、入ってたっけ？」

3

二日後のことである。サリカ港から来たヒュブリデの船が、ガセルの港を出発したところだった。これから一路、母国ヒュブリデのサラブリア州へ、さらに東端《とうたん》のシギル州まで向かう予定である。天気は晴天、風は順風だ。

甲板にはヴァンパイア族のバドス、そしてスララ、その息子の姿があった。スララの息子は、初めて乗る大きな商船に目を丸くしている。舷側《げんそく》から大きく身体を乗り出して波を見ている。後ろから身体を支えているのは母親のスララである。飛空便の仕事があったのはスララだけだったのだが、事実上結婚《けっこん》状態のバドスと息子もついてきたのである。これからヒュブリデの商船に便乗して帰るところなのだ。

甲板にはもう一人、便乗した客の姿があった。百五十センチの小さな身長にツインテール、そばかすのほっぺにガキっぽい顔――。

ガセル商人、カリキュラだった。

第五章　悲報

1

ガセル王国――。

額の左側で黒い前髪《まえがみ》を七三に分けた、一直線の眉にまっすぐな鼻筋の男が、王宮の私室で部下の言葉にうなずいたところだった。両目は青い。身体は胸板が分厚く肩幅《かたはば》も広かった。

ガセル王国伯爵《はくしゃく》にして顧問《こもん》会議のメンバー、ドルゼルである。シビュラの死を知らされたところだった。

シビュラは、ムハラ――蟹《かに》の激辛《げきから》料理が上手な女商人だった。自分も噂《うわさ》を聞きつけ、イスミル王妃《おうひ》に紹介《しょうかい》して料理を振る舞わせた。王妃は非常に喜んでいた。

そのシビュラが――死んだ。

料理に関しては無二の腕《うで》を持つ女だった。その女が――死んだ。

「妃殿下《ひでんか》には？」

とドルゼルは尋ねた。

「まだ――」

「悲しい報《しら》せはわたしが伝えよう」

ドルゼルがそう言うと、部下は低く頭を下げた。

部下が部屋を出ていくと、ドルゼルは息をついた。アグニカとの間に裁判協定が結ばれて、トルカ港、サリカ港、シドナ港で交易裁判所が開設された。トルカとシドナに関してはいやな噂は聞いていなかったのだが――。

（訴えてすぐに死体か……）

きな臭《くさ》い展開だった。

犯人の目星は大方ついている。ただし、証拠がない。

（妃殿下も激怒《げきど》されるであろう……）

2

白いレースのカーテンが架《か》かった天蓋《てんがい》つきの寝台《しんだい》に、ガセル王国で最も高貴な妃《きさき》が座っていた。

身長は百五十五センチほど。

女はミディアム丈《たけ》に黒髪《くろかみ》を切り揃《そろ》えていた。翡翠《ひすい》の髪飾《かみかざ》りをつけている。目は褐色《かっしょく》だが、つぶらな瞳《ひとみ》とツンと尖《とが》った小さな小鼻が愛嬌《あいきょう》がある。大粒《おおつぶ》の白い真珠のネックレスを首元に飾り、白い透《す》けるようなドレスを小柄《こがら》な身体に着ていた。ドレスからは豊かな胸がツンと突き出していた。推定Eカップ——日本のブラサイズで言えばE70あたりの大きさである。

ガセル王国イスミル王妃だった。

「悲しい報せとは何です?」

とイスミル王妃はドルゼルに顔を向けた。

「実は……」

とドルゼルはシビュラの死を告げた。愛嬌のある双眸《そうぼう》が一瞬《いっしゅん》にして驚《おどろ》きと悲しみに曇《くも》った。

「そう……シビュラが……」

と口を噤《つぐ》む。イスミル王妃は、シビュラのつくるムハラを愛していた。一度はドルゼルの紹介で食べたが、二度目と三度目は王妃自ら呼んでムハラをつくらせている。

「残念でございます」

とドルゼルは言葉を継《つ》いだ。イスミル王妃は答えなかった。じっとうつむいている。

「本当に死体はシビュラのものだったの？」

と確かめた。

「間違いないそうでございます。何とも、残念でございます」

「殺した者は？」

「アグニカの河川賊だと言われておりますが、恐らく――」

とドルゼルは言葉を濁《にご》した。

「その者を捕《つか》まえて、同じ目に遭わせておやり。なさけは無用です」

声に険が走った。愛嬌のあるコケティッシュな双眸が、一瞬にして剣の瞳と化していた。うちひしがれて悲しむ妃から、闘《たたか》う妃へ――闘姫《とうき》ではなく闘妃へ――変貌《へんぼう》したのだ。最強の陸軍を擁すると言われるピュリス王国の王イーシュは、彼女《かのじょ》の実の兄である。ピュリスと北ピュリスの統一をなし遂《と》げた王の血は――荒々《あらあら》しい戦闘の血は――イスミル王妃にも流れている。

「恐らくゴルギント伯の私掠船かと――」

「ならば、ゴルギントに言っておやり。わたしの大切な者を奪った代償《だいしょう》は、必ず払わせると。恐懼《きょうく》して待つがよいと言っておやり」

ドルゼルはうなずいた。

「きっと妃殿下の言葉を聞けば、妹も喜びましょう」

「妹？　妹がいたの？」

とイスミル王妃は聞き返した。

「一人いるようでございます。恐《おそ》らく商会は妹が跡《あと》を継いだものと――」

説明するドルゼルに、イスミル王妃はふいに翡翠の髪飾りに手を伸《の》ばした。黒髪から外してドルゼルに突き出す。

「これをお守りとして妹に届けておやり。決して気を落とさぬようにと」

第六章　不正義

1

幅《はば》二メートルの黒い執務机《しつむづくえ》の向こうに、ひときわ眼光の鋭《するど》い卵形の禿《は》げ頭《あたま》の老人が座していた。耳元だけ白髪《しらが》が残っているが、あとはつるつるである。

衣装《いしょう》はシンプルだった。水青で染めた水色のステッチが入ったシルクの長衣《ちょうい》を羽織っている。

ヒュブリデ国内のエルフの頂点に立つ男、大長老ユニヴェステルだった。すぐそばには、左目に黒い眼帯を着けた黒ずくめの男もいる。宰相《さいしょう》パノプティコスである。

ユニヴェステルとパノプティコスは、宮殿内《きゅうでんない》の大長老の部屋で二人の来客を迎《むか》えたところだった。

一人は目元のたるんだ、中肉中背の五十代の男である。染物師の親方だ。

一人は目の覚めるような青色の豪華《ごうか》なローブを恰幅《かっぷく》のよい身体に羽織った四十代の男だ

った。織元である。

「明礬石《みょうばんせき》の値は少し落ち着きました。今はおかげでなんとかやっていけそうではあります」

と四十代の織元が頭を下げる。

「あの時にはもう買い占《し》める悪徳業者が蔓延《はびこ》って、十倍、二十倍に跳ね上がって、それはもう大変な騒《さわ》ぎで……。わしらは明礬がないことにはどうにもなりませんゆえ……。また明礬が手に入らぬということになると、廃業《はいぎょう》する者も……」

と五十代の染物師の親方が苦渋《くじゅう》の表情を浮《う》かべる。

「明礬石の確保は我《わ》が国《くに》にとって生命線だ。明礬石は全力で確保せねばならぬ」

と宰相パノプティコスが答える。その言葉を継ぐように、ユニヴェステルが口を開いた。

「水青《すいせい》染めは我が国にとって重要なものだ。陛下もそのことは理解されておる。もちろん、このわしも充分《じゅうぶん》に知っておる。染物師にせよ織元にせよ、明礬を扱《あつか》う商人にせよ、苦しませるつもりはない」

2

向かい合う双《ふた》つの翼を描《えが》いた紋章旗《もんしょうき》を掲《かか》げた馬車が、エンペリア王宮の正門に近づいたところだった。馬車にも同じ紋章が描かれている。

　ヒュブリデ王国国務卿兼辺境伯《へんきょうはく》ヒロトの馬車だった。馬車にはヒロトとヴァルキュリアとミミアといささか緊張《きんちょう》の面持《おもも》ちのエクセリスが乗っている。

　久々の王都エンペリアだった。これから王宮に出勤である。

　王宮の正門が開き、ヒロトは馬車に乗ったまま正門を通過した。通常は馬や馬車を下りて通らなければならない。乗馬したまま通れるのは、王族と枢密院《すうみついん》のメンバーだけである。国を動かす者ゆえの特権だ。

　馬車は高官専用の停車場で止まり、王宮の衛兵が馬車の扉《とびら》を開いた。

「お帰りなさいませ。行列が大変なことになっておりますよ」

　と衛兵が挨拶《あいさつ》する。

　行列とは、きっと陳情《ちんじょう》に訪《おとず》れた者たちの行列だろう。国の中枢に張って国家運営に対して影響力《えいきょうりょく》を持てば持つほど、自分を頼って陳情に訪れる者が増える。今回のレグルス行きではエクセリスも連れていったので、陳情する者をさばけていない。今日ヒロトが戻るというので、きっと大勢の人が詰めかけているのだろう。

　ヒロトは苦笑して、

「ただいま。陛下は？」

と尋《たず》ねた。衛兵は答えずに含《ふく》み笑《わら》いを見せた。

（あ。何かあるな）

ヒロトはヴァルキュリアが下車するのを手伝った。わざとヴァルキュリアが勢いよくぶつかって胸を押《お》しつける。愛情表現である。

「ぎゅ〜〜っ♥」

さらに抱《だ》きついた。張りのあるロケットバストの感触《かんしょく》に、ヒロトは思わずゾクゾクと身体をふるわせた。

「馬車に乗って身体が痺《しび》れたから運動〜♪」

と調子に乗ってヴァルキュリアがロケット乳をこすりつける。快感がほとばしって、ヒロトはまた身体をふるわせた。ヴァルキュリアとはセックスもしているのに、何度味わっても身体がゾクゾクしてしまう。

それからヒロトはヴァルキュリアとともに入り口の扉に向かった。王宮生活再びである。ミミアもバスケットを持ってつづく。その後がソルシエール、そして緊張のエクセリスである。

ヒロトは一旦《いったん》立ち止まってエクセリスを抱き締《し》めた。強度の不安に苦しむ者には、言葉よりも肉体的接触《せっしょく》——抱擁《ほうよう》の方が強い効果を持っている。

「大長老、怒《おこ》って飛《と》び蹴《げ》りを喰らわせるかな？」

和《なご》ませるためにヒロトが冗談《じょうだん》を言うと、

「言葉の飛び蹴りは来るかも……」

とエクセリスが引きつった笑《え》みで答える。

「悪かったなって言やあいいんだよ。ごちゃごちゃ説教したらうるせえって言い返しゃあ黙《だま》るよ」

とヴァルキュリアがとんでもないアドバイスをする。荒《あら》っぽいヴァンパイア族の世界ではそれでOKなのかもしれないが、エルフの世界では大惨事《だいさんじ》である。

（無茶《むちゃ》言うなあ……）

苦笑しながら、ヒロトはヴァルキュリアとともに王宮の建物に入った。

白い影が飛び出してきたのはその時だった。胸の開いた白いシャツに、金の刺繍《ししゅう》を施《ほどこ》した、脚《あし》にぴったりの紅色の脚衣《ショース》を穿いたさらさらの金髪《きんぱつ》の若い男が、突然《とつぜん》前に立ちふさがったのだ。

「遅《おそ》いぞ、馬鹿者。死刑《しけい》だ」

ヒュブリデ王国国王レオニダス一世であった。ヒロトが仕える主君である。

「ハメを外してこい、派手に散ってこいとおっしゃったのは陛下です」

とヒロトは涼《すず》しく返した。

「やかましい。散りすぎだ」

カジノでの顛末《てんまつ》は手紙で知らせてある。もちろん、エクセリスのことはぼかしてあったのだが、情報は漏《も》れていた。

「聞いたぞ、エクセリスのこと。ユニヴェステルが怒っておったぞ」

レオニダス王の意地悪な笑みに、ビクッとエクセリスがふるえた。半分顔が凍《こお》りついている。

「今からいっしょに大長老に謝《あやま》りに行くところです」

とヒロトは答えた。

「おまえは行かなくていいだろ」

「上司なので」

「律儀《りちぎ》なやつめ」

とレオニダス一世が呆《あき》れる。それから、ミミアに顔を向けた。

「ゴルギントに一泡《ひとあわ》を吹《ふ》かせたのはこいつか？」

「ミミアです」

とヒロトは紹介した。

「よくやった。あの馬鹿を倒《たお》したのは上出来だ。おれはあいつが大嫌《だいきら》いなのだ」

とレオニダス一世が個人的な感情を剥《む》き出しにする。

「だが、あいつに何を言っても仕方がないぞ。あいつは金を握《にぎ》ってるからな」

「勝負は最低百ログスからと言ってました」

「外道《げどう》め。おれがレグルスにいた時も、おれにも同じことを言って吹っ掛けてきおった」

と突然の暴露《ばくろ》をする。

レオニダス王は、国王に即位《そくい》する前に五年ほどレグルス共和国の首都に留学している。

その時にゴルギント伯と接点があったらしい。

「で？」

とヒロトは先を促《うなが》した。

「おれが負けると思うか？」

「大勝利？」

「五分五分だ。ちなみにウルセウスは一ログスの勝負にして負けていたぞ。みみっちいやつめ」

さりげなく隣国《りんごく》の国王をディスる。ウルセウスとは、レオニダス一世がレグルスに遊学していた時の仲間で、今のマギア王国国王である。

「自分がいない間に、何かありました？」

ヒロトが尋ねると、

「おれのガレー船が燃えたぞ」

と答えた。

「ガレー船？」

「十隻《せき》のうち、七隻が燃えた。一度も観覧もしておらんのに」

と不満げである。

（残り三隻は痛いな……）

そう思っていると、

「だが、船はまだいい」

とレオニダス王はつづけた。

「貴族の馬鹿どもがまた糞決議をしでかしおった。いかなる兵の派遣《はけん》にも課税は認めぬと吐《ぬ》かしおった」

とレオニダス王は吐き捨てた。

「貴族会議が？」

ヒロトは思わず声のボリュームを上げた。

ヒュブリデ国内では、国ぐるみの課税を行う時には貴族の承認《しようにん》が必要だ。承認は貴族会議で行われる。大規模な軍事行動には金が必要で、それは課税で賄《まかな》われる。

中世イングランドでも、軍事費は課税で捻出《ねんしゆつ》されていた。フランスと戦争をするとなると、必ず課税が行われて金が掻《か》き集められ、兵に支払《しはら》われることになる。だが、あまりにも国王が傍若無人《ぼうじやくぶじん》で戦が弱くて何度も課税を連発したため、二度とアホな課税をしないようにと時の国王ジョンに突《つ》きつけられた牽制《けんせい》の塊《かたまり》が、一二一五年のマグナカルタである。

レオニダス一世の話では、今回、貴族会議を主導したのは財務長官を馘《くび》になったフィナスとノブレシア州のブルゴール伯爵とのことだった。ブルゴール伯爵は、ヒロトを殺害しようとしてヴァンパイア族に虐殺された伯爵の双子《ふたご》のうち、生き残ったコラールの方である。マギア国境を治めるリンペルド伯爵とマルゴス伯爵と数カ月前にアグニカ王国に派遣されたラスムス伯爵は欠席していたらしい。三名とも健康が理由だったそうだ。ラスムス伯爵は恐らく事実だろうが、リンペルド伯爵とマルゴス伯爵は仮病《けびよう》だろう。特にマルゴス伯爵の娘《むすめ》ルビアは、ミミアにひどいことをして宮廷《きゆうてい》から一度追放されている。ヒロトの取りなしで宮廷に復帰しただけに、あからさまに王に挑発的《ちようはつてき》な決議に参加するのをためらったのだろう。

今ヒュブリデ王国は、近々《きんきん》に海外への軍事行動を予定しているわけではない。派兵の話も一切《いっさい》なされていない。明礬石の問題では、レオニダス一世からは最悪軍事行動に踏《ふ》み切ってもいいと言われていたが、結局武力行使は行っていない。ただ、武力行使が選択肢《せんたくし》にあったのは事実だ。そして海外へ武力行使――派兵するとなると、資金を掻き集めなければならない。つまり、国内の課税である。その課税に対して、大貴族たちが貴族会議を開いて、「派兵するなら課税は許さず」の方針を打ち出したということだ。

ヒロトとレオニダス王にとっては、イタタの事件だった。大貴族たちはレオニダス王とヒロトに対して枷《かせ》をはめてきたのだ。自《おの》ずと政治的選択肢の幅は狭《せば》まる。もし外国への武力行使で課税が必要になった時、課税ができない。認めてほしくば譲歩《じょうほ》しろということなのだろうが、おおよそ条件はわかっている。

――王位継承権《けいしょうけん》を剥奪《はくだつ》した前王の従兄弟《いとこ》ハイドラン侯爵《こうしゃく》の名誉《めいよ》回復を行え。つまり、王位継承権を授与《じゅよ》せよである。

ヒロトはぽりぽりと頭を掻いた。大貴族たちの多くはヒロトと敵対している。ヒロトに根深い反感を持っている。ヒロトが元々の貴族ではなくディフェレンテ――よその世界から来た人間であること、にもかかわらずたちまち王国の中枢に昇《のぼ》りつめてレオニダス一世を擁立《ようりつ》して王の一番の家臣になったこと、さらにハイドラン侯爵を蹴落《けお》としたことが原因だろう。いくらヒロトの弁舌《べんぜつ》が優秀《ゆうしゅう》であっても、嫉《そね》み妬《ねた》みはどうしようもない。

「あいつら、臣従礼《しんじゅうれい》を取ったくせにおれの邪魔《じゃま》ばかりしおって。死刑だ」

とレオニダス一世が得意の死刑を繰《く》り出す。臣従礼とは、新しく君主となった王に家臣が忠誠を誓《ちか》う儀式《ぎしき》である。レオニダス一世に忠誠を誓ったにもかかわらずレオニダス一世の政治的な選択肢を狭める決議を行ったことに、相当頭に来ているらしい。

「いっそあいつらに十分の一税を課してやるか」

「もっと関係が悪化します」

「糞には糞をだ！」

とレオニダス一世が吠《ほ》える。「目には目を」の復讐《ふくしゅう》法のつもりらしい。

「とにかく枢密院で討議しましょう。答えは出なくても、一度話しておくことが必要です」

「妙案《みょうあん》があるのか？」

少し期待の目でレオニダス一世が覗《のぞ》き込《こ》んできた。

「カジノで勝負とか」

「阿呆《あほう》！　おまえは博才《ばくさい》がないだろうが！」

レオニダス一世が思い切り叫《さけ》ぶ。ヒロトは苦笑した。王の目からもヒロトには博打《ばくち》の才能はないらしい。

——事実である。

ていた。

「そうだ、おまえの世話係なら才能があるな」

とレオニダス一世は振《ふ》り返った。ミミアはバスケットを持ってヒロトの少し後ろに立っていた。

「おい、女」

と呼びかけて、いきなりレオニダス一世は一ヴィント銀貨を放り投げた。ぱっと左手の甲《こう》で受け止めて右手をかぶせる。

「表か裏か。おれに囁《ささや》け」

ミミアは一旦《いったん》驚《おどろ》いたが、レオニダス一世に耳打ちした。

「ヒロト、おまえも言え」

「じゃあ、裏で」

じっとレオニダス一世がヒロトを見る。

（表？　裏？）

ここでまさかの博才の披露《ひろう》？　博才がないという指摘を、ヒロトは覆《くつがえ》すことになるのか……？

レオニダス一世が右の手のひらをどけた。左手の甲に載《の》っていたのはコインの表だった。

「阿呆！　二人そろって外すやつがあるか！」

ヒロトは苦笑した。やはり、ヒロトに博打の才能はなかった。

3

ヒロトと別れると、レオニダスは自室へ向かった。通路から幽霊《ゆうれい》よろしくぬうっと姿を現した黒ずくめの男は、宰相パノプティコスだった。

「阿呆、幽霊みたいに出てくるな」

とレオニダスは叱責《しっせき》した。

「陛下。大貴族がなぜ陛下に刃向《はむ》かうか、少しはお考えになってもよいのでは？　王が家臣を迎えに行くなど、どちらが上かわかりませぬぞ」

「やかましい。帰ってくるのが遅いと文句をつけに行っただけだ」

とうそぶく。

「大長老からも言われたはずです。この国の王は陛下だと。誰《だれ》か一人に頼りすぎず、広く意見を聞いてご自身で判断されるようになるべきだと。ご忠告も受けたはずです。ヒロト一辺倒《いっぺんとう》になっていると、必ず大貴族どもにしっぺ返しを喰《く》らうと。まさにその言葉通り、戦争課税反対決議を喰らった。ヒロト一辺倒はおやめになるべきです」

イラッとしてレオニダスは得意の一言を放った。

「いちいちうるさいぞ。おれはヒロトに頼りきっているのではない。おれ自身で判断しているのだ。くどくど言うと死刑にするぞ」

4

主君と一旦別れると、ヒロトはエクセリスとともに宮殿内の大長老ユニヴェステルの部屋を訪問した。

幅二メートルの黒い執務机の向こうに、シルクの長衣を纏《まと》った、ひときわ眼光の鋭い禿げ頭の老人が座していた。白髪は耳元と口元にしか残っていない。

エルフ長老会のトップ、大長老ユニヴェステルである。エルフにとっては一番偉《えら》い人——そして一番怖《こわ》い人だ。

ヒロトの訪問は予想外だったらしい。わずかに目の表情を変えた。

「わしは国務卿《こくむきょう》を呼んではおらぬが」

と少し冷たい物言いを向ける。

「上司の責任ですので」

「エルフは常に公正と自律を保つもの。酔《よ》いに己《おのれ》を忘れて負債《ふさい》をつくるなど、国務卿に仕える高官としてあってはならぬことだ。わしに罷免権《ひめんけん》はないが、本来なら左遷《させん》ものだ」

エクセリスはうつむいた。すっかりしゅんとして、もはや校長に叱《しか》られる女生徒である。

「貴殿《きでん》に責任はない。責任はすべてエクセリスにある」

とユニヴェステルはぐさりと突き刺《さ》した。エルフの頂点に立つ男の叱責は容赦《ようしゃ》がない。

エクセリスは答えずにうつむいている。

ユニヴェステルに、エクセリスを罷免する権利はない。罷免権は直接の上司であるヒロトが持っている。

「それで、これだけのことをしておいてどうするつもりだ？」

とユニヴェステルは迫《せま》った。

進退を決めろと言っている？

違った。エルフの「どうするつもりだ？」はそういう意味ではなかった。

「カジノには基本、足を踏み入れません。万が一踏み入れざるをえなくなった時は、わたしが酔ったら問答無用でカジノから担《かつ》ぎだすようにアルヴィ殿《どの》にお願いをいたします。アルヴィ殿がいない時には、他のエルフの騎士《きし》にお願いをします」

とエクセリスは答えた。

「それだけか？」

　とユニヴェステルが尋ねる。それだけでは不満だ、足りないと言っているのだ。

「国務卿の書記として自覚が足りませんでした」

　とエクセリスが答える。

「その通りだ。ヒロト殿が勝負を受けなかったのは、受けたところで不利益しかないとわかっていたからだ。どの国へ行こうと、どこにいようと、自分が国務卿であることをいつも自覚しているからこそ受けなかったのだ。だが、おまえはどうだ？　ヒロト殿と同じほどの自覚があったか？　国務卿の書記がアグニカの大貴族を相手に勝負を受けた時、どのような不利益が生じるか、自覚があったか？」

「欠けておりました」

　とエクセリスが従順に答える。ユニヴェステルが言葉を継いだ。

「ミミアが大勝利を収めていなければ、ヒロト殿は必要のない負債を被《かぶ》り、不利益を被《こうむ》っていた。それはおまえ一人でどうにかできることではない。ゴルギント伯は決して高潔の人間ではない。おまえの身体を要求していたらどうした？　アグニカとガセルが結んだ協定について見直しを迫っていたらどうした？　おまえに何ができた？」

　エクセリスは答えずにうつむいている。答えずとも答えは決まっている。

すべて否。何もできない。

ユニヴェステルは息をついた。

「処分はヒロト殿に任せる。元より、わしに罷免権はない。だが、罷免されても当然のことをしたことは理解しておけ」

そう言うと、片手で軽く払った。用事は済んだから出ていけの合図である。

エクセリスが一礼して扉へ向かった。ヒロトもエクセリスの後を追いかけようとすると、

「ヒロト殿には話がある」

と切り出された。

（話？）

エクセリスが扉の向こうに消えると、

「貴族会議のことはもう――」

とユニヴェステルは口を開いた。

「陛下から聞きました」

「困ったものだ。これでは片腕《かたうで》を縛《しば》られたようなものだ」

とユニヴェステルがこぼす。引っ掛《か》かる愚痴《ぐち》だった。大長老のような顕職《けんしょく》の者が、ただ個人的な愚痴をこぼしたいためにヒロトを部屋に留《とど》めたとは考えがたい。

「何かもっと困ったことでも？」

とヒロトは探《さぐ》りを入れた。

「どうやら、サリカの交易裁判所で不正義が行われたらしい。アグニカとガセルの裁判協定に違反《いはん》していると訴《うった》えたガセルの女商人が死んだという報せが届いておる」

不穏《ふおん》な報せだった。

ヒュブリデ王国の西に隣接《りんせつ》するアグニカ王国と、テルミナス河を挟《はさ》んで南のガセル王国とは対立をくり返している。山ウニで儲《もう》けまくりたいアグニカの商人と、銀の流出を食い止めたいガセルとの対立が深刻化して、一度は武力衝突《しょうとつ》に発展した。そしてその武力衝突にヒロトが介入《かいにゅう》して、山ウニ税を導入することで平和的解決に導いた。

だが、それでも争いの火は消えなかった。山ウニ税で失った儲けを取り戻《もど》そうとアグニカ商人が値段を五倍に撥《は》ね上げ、またガセル側の不満が増大。ヒロトが介入して両国の間に裁判協定を結ばせた。今行おうとする取引が前回または一年以内の取引よりも倍以上の値段で売りつけようとした場合は、アグニカの交易裁判所に訴えられるとしたのだ。それでガセル側の不満は抑《おさ》えられてかなり鎮静化《ちんせいか》したように聞いていたのだが――。

（サリカの交易裁判所――）

カジノ・グラルドゥスで会ったサリカ伯《はく》ゴルギントの姿と傲岸不遜《ごうがんふそん》な態度が思《おも》い浮かん

だ。裏にいるのはあの男か？　あの男が何かやらかしたのだろうか？

「不正義というのは？」

ヒロトが質《ただ》すと、

「今詳細《しょうさい》を確かめさせているところだが、恐らくゴルギント伯が絡んでおる。だが、証拠《しょうこ》はあるまい。証拠は残さぬ男だ。厄介《やっかい》なことになるやもしれぬ」

とユニヴェステルはヒロトが思い浮かべた男の名前を口にした。

「陛下は恐らく消極的に出られるであろう。アグニカにはとにかく介入したくないというのが、陛下の心情だ。もしまた不正義が行われたとしても、陛下はあまり関わろうとはされまい。前回は明礬石が絡《から》んでいたから貴殿を派遣したが――」

ヒロトは、数カ月前にガセル王国を訪問した時のことを思い出した。王宮には、アグニカに対する怒《いか》りと不信感が蔓延《まんえん》していた。その中心は、イスミル王妃だった。

もちろん、国王はパシャン二世である。だが、パシャン二世は神経質で、慎重《しんちょう》を期する人物である。悲観的でもある。

対して王妃はズバズバと切り込むタイプで、行動的だった。男前の度合いで言うと、パシャン二世よりイスミル王妃の方が上だ。武力行使をためらう素振《そぶ》りは見えなかった。パシャン二世が抜剣《ばっけん》に対してためらいを見せる人間ならば、イスミル王妃はその逆だった。

彼女はただのお飾りの王妃ではないのだ。闘う王妃なのである。当時、アグニカの不正義を正すようにヒロトに依頼《いらい》したのは、王ではなく王妃の方だ。

（また同じようなことが起きたら、あの人、絶対キレる）

ヒロトはそう思った。キレたら戦争直行である。イスミル王妃はすぐ夫に派兵を促すだろう。彼女の実の兄は、陸軍最強と謳《うた》われるピュリスの王であり、なおかつ彼女は名将メティスの恩人なのだ。頼《たよ》らない手はない。

「また不正義が行われれば、ガセルは動きます」

とヒロトは答えた。

「それでも王は動かぬ。ヒュブリデ人の血が流れたのなら別だが、ガセル人の血が流れたのでは動かぬ」

とユニヴェステルが否定する。

「しかし、今すぐ動かなければ、また不正義が行われます。はっきりと強い態度を示さぬ限り、必ず不正義がくり返されます。恐らく半年以内に戦が起きるでしょう。ヒュブリデも巻き込まれて、血を流すことになります」

そうヒロトは警告を発した。強い態度とは具体的な武力行使のことだ。だが、ユニヴェステルは強い態度という部分に対して同意を示さなかった。口にしたのはむしろ、反対のことだった。

「アグニカに明礬石を握られている限り、我が国は動けぬ。我が国は右腕《みぎうで》を明礬石に、左腕を貴族会議の課税反対決議に拘束《こうそく》されておるようなものだ。また不正義が生じても、アグニカとガセルの間で協議を開かせるか、アグニカに使節を送って牽制するしかできぬ」

第七章　戦争の導火線

1

エンペリア王宮に黒髪のツインテールの、浅黒い肌《はだ》のちっこい女が入ったところだった。後ろにガセル人の部下を引き連れて、うろうろしている。エンペリア王宮を訪れるのは初めてである。

女商人カリキュラであった。ガセルの港でヒュブリデの商船を見つけて頼《たの》み込み、お金を払《はら》って乗せてもらって、シギル州のラド港に到着《とうちゃく》。それから馬を借りてはるばる王宮に辿《たど》り着いたところだった。

エルフの衛兵を見つけて、

「国務卿にお会いしたいんだけど」

と切り出すと、

「待つぞ？　今日ご帰《き》還《かん》されたばかりで行列ができてる」

といきなり言われた。

「何時間――」

「何時間で済むものか。二週間は掛かるだろう」

「二週間……⁉」

カリキュラは絶句した。二週間はとても待っていられるレベルではない。

エルフと別れると、

「どうなさいますか？」

と部下に聞かれた。

「メティス将軍に先に会ってきた方がよかったかな……」

「二週間となると……」

と部下も言葉が出ない。

あきらめてまたラド港に戻り、テルミナス河を西進してメティス将軍に会いに行く？

それも間抜《まぬ》けである。というより、せっかく王都エンペリアまで来たのに、もったいない。もったいないが、二週間は……。

（なんとかして早く会えないかな……）

ふんぎりがつかぬまま宮殿《きゅうでん》の中をうろうろしていると、十メートル先の通路を不気味な骸骨《がいこつ》が横切った。頭蓋骨《ずがいこつ》から頸椎《けいつい》、胸骨、肋骨《ろっこつ》と白い骨がつづいている。騎士らしい肩当《かたあ》てや鎧《よろい》、腰《こし》には剣《けん》を提《さ》げている。

「ふひゃ〜っ！　骸骨〜〜っ！」

奇声《きせい》を発してカリキュラは腰を抜《ぬ》かしてひっくり返った。

「化け――」

「骸骨族です」

と部下が耳打ちする。

カリキュラは唇《くちびる》をふるわせて、自分がしゃれこうべみたいに歯をカチカチ鳴らした。ヒュブリデでは骸骨族という種族がいて兵士もやっているという噂《うわさ》は聞いたことがあるが、目にするのは初めてである。

往路の船の中ではヴァンパイア族にもびびっていた。自分以上の体格の持ち主にでかい翼《つばさ》が生えているというのも怖かったが、その次元ではなかった。

「で、でも、化け物――」

「きっと国務卿の部下でしょう。元々王宮にはいなかったと聞いております。国務卿はソルム出身で、ソルムには骸骨族が大勢いたと言いますから――」

部下の言葉に、商人の魂《たましい》が目覚めた。

ソルム。

国務卿が初めてこの世界にやってきた時、辿り着いた場所だ。

（ってことは古参――！）

そこだ！　とばかりにカリキュラは立ち上がった。

「待って！」

と意を決して骸骨を追いかける。不気味な骸骨の化け物は、立ち止まって振り返った。

やはり、不気味である。不気味だが、不気味だと怖がっていられない。

「ガセルとアグニカの裁判協定のことで、国務卿にお願いがあるの！　どうしても早くお目通りをお願いしたいの！　聞いてくれたら、これ――」

とカリキュラは一ヴィント銀貨がたっぷり詰《つ》まった袋《ふくろ》を差し出した。

2

ヒロトはエクセリスとともに宮殿内の自分の部屋へ出発したところだった。先に大長老の部屋を出たエクセリスは、外で待っていたのである。

「解任しろって言われた？」

とエクセリスが不安な様子で尋ねる。

「解任はしないし、言われてもいない。違《ちが》うことだよ」

とヒロトは裁判協定違反のことを話した。

「大長老なら、もっと怒って圧力をって言うかなと思ったんだけどな」

「明礬石のことがよっぽど気がかりなのよ。外国との貿易は、ほとんどエルフでしょ？　明礬石が手に入らなくなれば、水青染めを扱うエルフの商人も大打撃《だいだげき》を喰らう。だから、きっと明礬石が手に入らなくなる事態だけは避《さ》けたいんだわ」

とエクセリスが説明する。

確かに外国との交易は、ほぼエルフが担《にな》っている。明礬石を使った高級染め物は、交易の目玉商品だ。明礬石に問題が生じれば、売り上げに貢献《こうけん》している高級染め物を売れなくなってしまう。エルフからの請願《せいがん》の声もかなり大きいのだろう。

それにしても――とヒロトは思った。遺憾砲《いかんほう》はだめだ。遺憾であると抗議《こうぎ》したところで効果は高が知れている。艦隊《かんたい》を派遣するぐらいの威圧《いあつ》をしなければ、戦争の阻止《そし》は無理だろう。

部屋に戻ると、ソルシエールが立ち上がって迎えた。すぐにミミアが蜂蜜酒《ミード》をグラスに注いで渡《わた》してくれる。

枢密院会議までは二時間。それまでに軽い食事も摂《と》っておきたい。

「怒られました？」

とソルシエールがエクセリスに尋ねているのが聞こえた。

「ええ、たっぷり」

とエクセリスが答えている。

ヴァルキュリアの姿は見えないが、きっと空の散歩にでも出掛《でか》けたか、外で水浴びでもしているのだろう。ヴァンパイア族はいつでも部屋の中にいる存在ではない。

ヒロトはテーブルに着いた。ミミアがトレイにサラダとパンと干し肉と目玉焼きを載せて差し出す。干し肉からむしゃむしゃやりはじめると、最古参の部下、骸骨族のカラベラが近づいてきた。

「ガセルの女商人が、是非《ぜひ》ヒロト殿にお目通りしたいと申しております」

「ガセル？」

とヒロトは半身を向けて聞き返した。

「ゴルギント伯の私掠船に姉を殺されたとか」

「姉？」

「ピュリスのメティス将軍ともつながりがあり、ガセル国イスミル王妃《おうひ》に呼ばれて三度も料理を振る舞《ま》ったことがあるとのことです」

盛っている？　とヒロトは警戒《けいかい》した。役職が上がるにつれて、なんとかヒロトに面会して甘《あま》い汁《しる》を吸おうとする者が増えてくる。そのために色々と盛る連中もいる。その一人かと疑ったのだ。

「姉も商人だったそうです。山ウニの商《あきな》いでサリカ港を訪れて、半年前の倍以上の値段を提示されて協定違反だと訴えたところ、交易裁判所に不受理を突きつけられたと。メティス将軍に助力を求めに行く途中《とちゅう》、殺されたそうです。犯人は恐《おそ》らくゴルギント伯の私掠船だろうと」

ヒロトははっとして、カラベラに顔を向け直した。

大長老ユニヴェステルが話していた、殺された女商人――。

詳細はまだ聞いていない。願ってもない情報源が向こうからやってきたのだ。

ここぞとばかりにカラベラが押した。

「お会いになられた方がよいように思いますが」

「通して」

と答えてヒロトは目玉焼きを口の中にぶち込んだ。会う前に昼食を済ませておきたいと思ったのだが、口への流入速度と喉《のど》から食道への嚥下《えんげ》速度に差がありすぎた。嚥下のスピードが低すぎたのである。口の中はたちまち交通渋滞《じゅうたい》を起こして、口腔内《こうこうない》で多重クラッシュを引き起こした。排出《はいしゅつ》しきれない目玉焼きは口の入り口で詰まり、ヒロトは耳から食べ物が出そうな感覚に襲《おそ》われた。そして窒息《ちっそく》が襲いかかった。ヒロトには博打の才能もなかったが、大食いと早食いの才能もなかった。

「ヒロト様、ゆっくり」

ミミアが背中を撫《な》でる。ヒロトは蜂蜜酒の助けを借りて、なんとか涙目《なみだめ》で呑《の》み込んだ。

3

応接室に連れてこられたのは、ちっこい女だった。身長は百五十センチ程度。胸はぺったんこである。黒髪《くろかみ》のツインテールで、ガキっぽい顔だちをしている。

部屋に入ってきたカリキュラは、非常に緊張《きんちょう》している様子だった。おどおどした感じで、恐々《こわごわ》と部屋の中に視線をめぐらせていた。まるで小動物のような感じである。しきりに右の手首の腕輪《うでわ》を撫でている。赤と鮮やかな青色と黄色――数珠のような、三色のブレスレットだ。赤はガーネット、水色っぽい青はトルコ石、黄色はシトリンだろうか。

ヒロトを見つけると、女は口を半開きにした。目指した相手がいたと認識《にんしき》したような反応だった。

「こちらがヒロト様だ」

とカラベラが紹介《しょうかい》する。

「カリキュラです……！　突然の申し出を受けていただいて、本当にありがとうございます！」

と緊張した声で勢いよく頭を下げた。

「座《すわ》って」

とヒロトは着席を促した。相変わらず緊張した面持《おもも》ちでカリキュラが着座する。

「お姉さんが山ウニのことでトラブルになったって聞いたけど……」

「はい……」

とカリキュラは、緊張したまま話しはじめた。

話は一時間ほどに及《およ》んだ。

姉シビュラに対する不当な裁定。交易裁判所でのメティスとの関係の言及《げんきゅう》。シビュラの死体の様子。カリキュラ自身への不当な裁決。怪《あや》しい舟《ふね》の尾行《びこう》。私掠船だというガセル人騎士の指摘《してき》。ヒュブリデ商船への乗《の》り換《か》え。

カリキュラは途中《とちゅう》涙《なみだ》を浮《う》かべながら、詳細を語ってくれた。ヒュブリデ商船では、ゼルディスの右腕バドスと、事実上の妻スララ、そしてその息子《むすこ》と鉢合《はちあ》わせになったらしい。それでも怪しい舟はヒュブリデ商船を尾行していたらしいが、途中であきらめたように消え失《う》せたという。

ヒロトは怒りを覚えた。特に交易裁判所の不受理裁定に対しては、激しい憤《いきどお》りを覚えた。大長老も同じように激怒《げきど》したことだろう。

交易裁判所の解釈《かいしゃく》は、恣意的《しいてき》もいいところだった。交易裁判所の裁判官は裁判協定の文章をねじ曲げて解釈していた。ヒロトは次のように条文に記させている。

・山ウニについては、前回より二倍以上、または一年以内のものより二倍以上の値を提示された時、提訴《ていそ》できるものとする。

条文には「ただし、前回や一年以内は協定が保証する期間に含《ふく》まない」というただし書きは付記されていない。ヒロトも付記したつもりであの条文を成立させたわけではない。もし前回や一年以内は協定の保証期間に含まないという附則《ふそく》をつければ、今後一年間、アグニカの商人はやりたい放題に値段を吊《つ》り上げてさらなる貿易摩擦《まさつ》を生むことになる。そうなれば戦争必至だ。裁判協定はアグニカとガセルとの間の摩擦や戦争を防ぐためのものなのだ。そのような附則をつけるわけがないのである。だからこそ、正式な裁判協定には次の前文を加筆したのだ。

アグニカとガセルの平和と発展のために、以下の通り交易に関する裁判協定を設けることとする。

平和と発展のためにという語順が重要である。発展と平和のためにではないのだ。平和が最初なのだ。つまり、本当の狙《ねら》いは平和のためということである。ヒロトが平和を乱す附則を認めるはずがないのだ。

だが、裁判官は勝手に頭の中でデタラメの附則をつけ加えて解釈している。それだけでも許しがたいことだった。

シビュラ殺害を命じたのが本当にサリカ伯ゴルギントだったのかどうかはわからない。あの男ならやりかねないと思うが、「やりかねない」だけではゴルギント伯には迫れない。推測だけで迫れば、国家間のトラブルを引き起こす。証拠不十分なまま強い態度に出れば、責めた自分たちの方が不利になって責められかねない。相手をやりこめるためには確かな証拠が必要なのだ。

「でも、ゴルギント伯がやったのは間違《まちが》いないんです！　あいつ、前から自分の気に入らないやつは私掠船の連中に命じて殺させてたんです！　交易裁判所の裁判官だって、きっとゴルギント伯の命令で不受理にしろって言われてたはずなんです！」

とカリキュラは必死に訴える。

だが――強力な物的証拠や人的証拠がない。命じたのを証言する人間がいれば違うが、今のところ見当たらない。

裁判官にゴルギント伯の命令を証言させられるか尋《たず》ねると、カリキュラはやりこめられた子供みたいにおとなしくなって、小さな声で答えた。

「証言なんか……するわけないです……ゴルギント伯に逆らったら、サリカの町の人間は生きていけないから……あいつがあそこの王だから……」

道理でカジノであんな傲岸不遜《ごうがんふそん》な態度を取るわけだとヒロトは納得《なっとく》した。納得したが、それで状況《じょうきょう》が変わるわけではない。

問題は、では、どうするかだった。

交易裁判所の判断が間違っているのは間違いない。だが、上から強制的に正せるかというと問題がある。

治外法権の壁《かべ》である。

アグニカもヒュブリデも、互《たが》いに独立国家だ。アグニカの裁判所を正せるのはアグニカの政府機関である。そしてヒュブリデの裁判所を正せるのはヒュブリデの政府機関である。

交易裁判所はアグニカにある。正せるのはアグニカのトップ――女王なのだ。ヒュブリデの王ではないのである。ヒュブリデができるのは、せいぜい会議の開催《かいさい》を提唱するか、使節を派遣《はけん》して強い懸念《けねん》を伝えることぐらいなのだ。

それで交易裁判所は不正な態度を改める？

期待できなかった。

会議の開催となれば、ゴルギント伯がやり玉に挙げられることになる。ゴルギント伯は出席を拒《こば》むだろう。

女王やグドルーン女伯が圧力を加えればいい？

ゴルギント伯は、二人を恐れてはいない。二人では恐らくゴルギント伯をコントロールできないだろう。会議の開催を提案しても、号令すれど追随者《ついずいしゃ》はなしに終わる可能性が高い。かといって、使節を派遣して強い懸念を示したところで、ゴルギント伯は態度を改めないだろう。

サリカの町の人間はゴルギントに逆らえないと、カリキュラは言った。交易裁判所の裁判官もそうだろう。

カリキュラは、交易裁判所の裁判官はゴルギント伯の命令で不受理にしたと言っている。ただ――証拠がない。

証拠があれば、強く迫れる。だが、証拠がない以上、強く迫れない。

使節を派遣して懸念を伝えておしまいにする？

大長老ユニヴェステルはそういう考えだ。だが――それではかえってヒュブリデに大きな国益の損失を招くのではないか。

ヒロトは、ガセル王国のイスミル王妃の顔を思い出した。

アグニカの不正を正してほしいとお願いした、異国の王妃。非常に芯《しん》の強い女性だった。内側に闘争《とうそう》を――武力行使の意志を秘《ひ》めた女性だった。

何度もアグニカの不正を食《く》らって、ガセル首脳陣《しゅのうじん》はアグニカにキレかかっている。ヒロト自身、ガセルを訪問した時にガセル王宮の空気を――アグニカに対する不満の大きさ、不満の累積度《るいせきど》の高さを実感している。

ガセルは一度キレて、トルカ紛争《ふんそう》を引き起こした。その後、ヒロトが割って入り、ガセルに対して歩み寄るアプローチを二度つづけて「二度目のトルカ紛争」は防いでいる。だが、火種は――反アグニカの感情とアグニカへの強い不信感は――くすぶっている。いつでも戦争へと再臨界するレベルである。

サリカ交易裁判所は、二度にわたってガセル商人に対して不正義を行った。ガセルの首脳陣が寛容《かんよう》に流すとは思えない。使節を送って抗議するという穏《おだ》やかなアプローチで済ませるとは思えない。

一度、ピュリスと組んで軍を派遣しているのだ。再び派兵する可能性が高い。今度はサリカに攻め入《せ》るだろう。

アグニカは頑強《がんきょう》に抵抗《ていこう》するだろう。サリカ港からは、アグニカの首都へと通ずる川が北から流《なが》れ込んでいる。アグニカにとっては守るべき要衝なのだ。

サリカが軍事的に強固だというのは、ヒロトも聞いたことがある。ガセルがピュリスに援軍《えんぐん》を求めた場合、トルカ紛争の時と同じように名将《めいしょう》メティスが参戦するだろう。トルカ紛争では電撃的《でんげきてき》な成功を収めたが、果たして今回はどうか。

(長引くかもしれない)

そうなった時、ヒュブリデの生命線が危《あや》うくなる。

ヒュブリデの海外貿易――輸出の鍵《かぎ》を握《にぎ》るのは、水青《すいせい》染めを使った高級衣料である。ヒュブリデには水青という植物が生えていて、それを使って染めると美しい水色の染め物ができあがる。水青は他国にはないため、重要な輸出品――外貨の稼《かせ》ぎ元になっている。

水青染めには、明礬石《みょうばんせき》が欠かせない。ただ水青に浸《ひた》しただけだと、すぐに色が落ちてしまう。だが、明礬石を焼成《しょうせい》してできあがる明礬を使って染め上げると、色が落ちない。美しい水色がしっかり定着してくれる。水青染めに明礬石は絶対不可欠なのだ。

その明礬石が、ヒュブリデで採掘《さいくつ》できなくなった。採掘できるのは隣国《りんごく》アグニカである。それもアグニカの西部――ヒュブリデからは遠い方だ。明礬石の運搬《うんぱん》は、テルミナス河を経由して船で行われることになる。

そして、そこに問題が生じる。

明礬石が出荷《しゅっか》されるシドナ港からヒュブリデの港までの間に位置するのが、サリカ港なのだ。ちょうどヒュブリデ商船の明礬石運搬の航路が、ガセル－アグニカの戦闘《せんとう》地帯にまるごと重なるのである。

たとえヒュブリデが中立を宣言したとしても、被害《ひがい》は免《まぬが》れない。ヒュブリデが中立を宣言すれば、ヒュブリデの商船を隠《かく》れ蓑《みの》にして両国が活動する。結果、ヒュブリデの商船は攻撃《こうげき》の対象となり、戦闘に巻き込《こ》まれることになる。明礬石の輸入は非常に不確かなものになり、染め物は少なからぬ打撃を――決して無視できぬ打撃を受けるだろう。戦争が長引けば、その打撃は長期化する。ヒュブリデは大いに国益を失うことになる。

（それはまずすぎる）

戦局がアグニカにとって悪い方に向かった時も、国益の損失が発生する。追い込まれたアグニカが「貴国が我《わ》がアグニカに参戦しない限り、明礬石を輸出しない」と輸出規制をちらつかせる可能性があるのだ。

最低の脅《おど》しである。

そうなった時、ヒュブリデは厳しい選択《せんたく》を迫られることになる。参戦すれば、ガセルとピュリスに対して敵国状態になる。ピュリスとの数年間の和平は崩《くず》れ、いつでもテルミナス河越《ご》しにピュリスから攻撃される危険性を抱《かか》え込むことになる。つまり、国益は失われる。かといって参戦を拒否《きょひ》すれば、明礬石は手に入らなくなり、水青の染め物は大打撃を受けることになる。またしても国益を失う。

明礬石は、ヒュブリデにとっては一種の人質《ひとじち》なのだ。

まだ事態は始まったばかり？　急ぐ時ではない？

シビュラとカリキュラへの不受理裁定。シビュラの死とカリキュラへの襲撃未遂《しゅうげきみすい》――。

両者は、一見すると小さな火である。だが、実は地の底で導火線につながっている。導火線となっているのは、アグニカに対するガセル人の不信感と恨《うら》みである。導火線はアグニカVSガセル＆ピュリス連合軍の戦いという爆弾《ばくだん》につながっていて、すでに火は点《つ》いているのだ。

（きっと数カ月以内に戦争が始まるぞ）

そして戦争が始まったら、トルカ紛争のように早期終結は望めない。今回はきっと長期化するだろう。始まる前に止めなければならないのだ。

その鍵が、交易裁判所の不正義である。

会議の開催を呼びかけたところで、アグニカは応じまい。懸念の表明だけでは、不正な裁判を変えられない。変えられなければ、遠からぬうちにガセルとアグニカの間に戦争が始まり、ヒュブリデは国益を損失することになる。

スルーしてよい問題ではない。

しかし、肝心《かんじん》の証拠がない。証拠がない限り、使節を派遣して強い懸念を表明することしかできない。それでは戦争は抑えられず、明礬石の問題が発生してヒュブリデを大きく揺《ゆ》さぶることになる。使節の派遣や懸念の表明といった、非軍事的なアプローチ、ソフトなアプローチでは、問題を打開できない。

では、どうするのか。

ソフトなアプローチがダメなら、ハードなアプローチで迫るしかない。

ハードなアプローチ——軍事力を伴《ともな》うアプローチである。穏やかに使節を派遣するのではなく、サリカ港まで艦隊を派遣し、威圧した上で使節が警告を発する。

交易裁判所の判断は恣意的であり、裁判協定を揺るがすものである。ヒュブリデは不当な裁決を望まない。

艦隊を伴わずに言うのと、艦隊を伴って言うのとでは、行動への影響力《えいきょうりょく》が違う。艦隊を派遣した場合、アグニカは「今の警告を無視すれば、ヒュブリデは次に実力行使に移るかもしれない」と不安になる。その結果、交易裁判所の不正義を改める可能性が高まる。だが、艦隊を伴わない場合はそうはなるまい。

（ハードアプローチしかない）

ヒロトはそう結論した。ただ、ハードアプローチには枢密院《すうみついん》の許可が必要だ。枢密院会議開始まであと一時間を切っている。

ヒロトはカリキュラに顔を向けた。

「今日の枢密院に諮《はか》る。何らかの行動は取る」

カリキュラの目がぱっと開いて、一瞬《いっしゅん》潤《うる》んだ。再びヒロトに勢いよく深々と頭を下げた。そして涙《なみだ》ながらに訴えた。

「よろしくお願いします……！　お姉ちゃんの敵《かたき》を討《う》ってください……！　わたしにとってはたった一人のお姉ちゃんだったんです！　お母さんが死んだ後もわたしを育ててくれたんです！　どうか敵を取ってください……！」

第八章　不安のリスクヘッジ

1

ヒロトが昼食を終えて真っ先に向かったのは、国王レオニダス一世の寝室《しんしつ》だった。だが、国王は外出中だった。ヒロトと別れてからどこかへ出掛けてしまったらしい。

――女かもしれない。

止むなくヒロトは次善の策として、宰相《さいしょう》パノプティコスの部屋を訪《おとず》れた。枢密院会議の司会を務めるのは、宰相の役目である。

ヒロトは、今日の枢密院会議でカリキュラの問題を提案したいと思っている。宰相は自分の知らない議題がいきなり俎上《そじょう》に上ることは好ましく思わないだろう。

平たくいえば、根回しの訪問である。

黒髪《くろかみ》の長髪《ちょうはつ》の男が全身に黒衣を身に着けて背中を向けていた。艶《つや》々《つや》とした黒髪が肩《かた》に掛かっている。

胸の前では黒猫《くろねこ》を抱《だ》いていた。黒猫がヒロトに真っ先に気づいて、警戒の声を発した。ヒロトは猫には好かれないらしい。

左目に眼帯を着けた四十代半ばの男が顔を向けた。ヒュブリデ王国宰相パノプティコスである。かつてヒロトの敵であったことがあり、今は味方である男だ。

「緊急《きんきゅう》に枢密院会議で諮《はか》りたいことがあります」

とヒロトは切り出した。

「ガセルの商人のことか？」

相変わらずアンテナが鋭《するど》い。ヒロトはうなずいて、サリカ交易裁判所の話をしてみせた。

「確かに討議せねばならぬことだな」

とパノプティコスは受け止めてくれた。最初の感触《かんしょく》としては好ましい。

「大長老は、両国の間で協議を開催するか、使節を派遣して懸念を示す以外なかろうというお考えです。ですが、双方《そうほう》ともに戦争は止められません。自分がガセルを訪問した時、宮廷《きゅうてい》は相当ピリピリしていました。今もそのままでしょう。死んだガセルの商人は、イスミル王妃に三度料理を振《ふ》る舞ったと聞いています。お気に入りだったと見ていいでしょう。お気に入りを殺されて、好戦的なイスミル王妃が黙《だま》っているとは思えません。サリカを攻撃するようにパシャン二世を説得するでしょう。戦争は数カ月以内に始まると思います。

そうなる前に、交易裁判所の不正義を食い止めねばなりません。会議の開催でも使節の派遣でもなく、非常に強い態度が必要です」

とヒロトは武力の行使を——軍事的行動を匂《にお》わせた。

「もし艦隊の派遣を考えているとするのなら、逆効果になるぞ。強く出て報復で明礬石の輸出を停止されたらどうする？」

といきなりパノプティコスから反論を喰《く》らった。

予想外の反論だった。最初の入りの感触でいけると思ったのだが、パノプティコスはヒロトに同意を見せず、反対を示したのだ。ヒロトは説得に出た。

「今心配すべきは、数週間以内の未来ではなく、半年後に訪れる未来のことです。使節の派遣では、サリカの交易裁判所の不正義は改められません。会議の開催にしても同じです。ガセルは戦争を始めます。今回は恐らく長期化します。そうなれば、明礬石を積んだ我《わ》が国《くに》の商船が長期間危機に晒《さら》されることになります。強奪《ごうだつ》されたり撃沈《げきちん》されたりということも頻繁《ひんぱん》にありえましょう」

「だが、それ以前に、戦争前に明礬石の輸出停止を喰らったのでは元も子もない」

とパノプティコスはまたしても反論をくり返した。

思わぬ抵抗だった。パノプティコスは、明礬石の輸出停止を最も惧《おそ》れている。大長老と同じだ。

かつて敵であり、今は味方となっていた男が、今の瞬間《しゅんかん》、再び敵として立ちはだかっていた。

「詳《くわ》しい話は会議が始まってからだ。今のことは真っ先に議題に上げる。ただ、陛下は武力行使を望まぬだろう。枢密院からも人をやるまい」

とパノプティコスは大長老と同じような推測を披露《ひろう》した。

「我が国の利益を守るために、ガセルとアグニカの戦争は防ぐべきです」

とヒロトは強調した。

「もちろんだ。だが、現時点でできることとできないことがある。今はできることをするべきだ」

宰相は壁のままだった。

（なぜ——!?）

2

廊下《ろうか》を歩くヒロトの頭の中では、「なぜ？」が谺《こだま》していた。パノプティコスは、ヒュブリデが強く出れば、アグニカ側が報復で明礬石の輸出停止措置《そち》を取ると考えていた。そしてそれこそ、最も避けなければならないことだと考えていた。半年後の長期的な危機よりも、目先の不安を優先させていた。

（アグニカが輸出停止措置をちらつかせるとは思えない。グドルーンは馬鹿じゃない。リンドルス侯爵《こうしゃく》だって、馬鹿じゃない。明礬石の輸出を停止されたら、ヒュブリデはガセルとピュリスと組んで派兵を決定すればいい。反骨心の強いアグニカでも、さすがに隣国三カ国を相手の戦いは躊躇《ちゅうちょ》する。アグニカは折れざるをえなくなる。それも非常に不利な条件で折れざるをえなくなる）

なのに、なぜパノプティコスは執拗《しつよう》に明礬石の輸出停止を気にするのか。

（アグニカは、ガセルとピュリスの連合軍が本格的に攻撃することを惧れている。ヒュブリデを味方につけておきたい、ヒュブリデが敵側に回ることは避けたいと思っているはずだ。わざわざ輸出停止を行って、ヒュブリデを敵に回す愚《ぐ》は犯《おか》さない）

だが――パノプティコスはヒロトに同意を示さなかった。枢密院会議が始まれば、宰相はヒロトの反対側に回るだろう。大長老も反対側に回るに違いない。一人でも崩しておかないと、ヒロトに勝機はない。

（せめて陛下を説得できていれば――）

ヒロトはもう一度国王の寝室を訪れたが、やはり不在だった。会議には少し遅《おく》れて来るのかもしれない。

ツイていないとはヒロトは思わなかった。今のツキ――巡《めぐ》り合《あ》わせの中で、やれることをやるしかない。ヒロトは進路を変更《へんこう》してユニヴェステルの許へと向かった。

部屋に入ると、長く尖《とが》った耳を持ち、白いローブで細身の身体を覆《おお》った真面目そうな、ただ、細かそうな三十代のエルフが振り返った。

ヒロトはあっとなった。

エルフの大商人ハリトスだった。明礬石のことでヒロトといっしょにグドルーン女伯《じょはく》の屋敷《やしき》まで出掛けて以来、二カ月ぶりの再会である。ヒロトにとっては味方側の存在だ。

「よいところに来たな。これからハリトスから話を聞こうとしていたのだ」

とユニヴェステルが口を開いた。ヒロトも答えた。

「自分も、殺された者の妹から話を聞いたばかりなのです」

ヒロトがカリキュラの話をすると、ユニヴェステルは静かにうなずいていた。

感銘《かんめい》を受けた？

わからない。だが、まったく効果はなかったということではあるまい。

「アグニカは法においては野蛮《やばん》国家だ」

と一言口にしたのは、その表れだろう。法を尊ぶエルフからすれば、アグニカの現状は容認《ようにん》できないものに違《ちが》いない。つい先程《さきほど》は遺憾砲を撃《う》つしかないようなことを口にしていたが、強硬《きょうこう》路線やむを得ずと改めたのかもしれない。

大商人のハリトスも、しきりにうなずいていた。

「その女商人の推測は当たっているでしょうな」

とハリトスは口を開いた。

「皆殺《みなごろ》しというのが何よりの証拠《しょうこ》でございます。通常、河川賊《かせんぞく》は乗組員を皆殺しになどしません。抵抗した場合は殺しますが、商船の乗組員全員が命を懸《か》けて抵抗するなどということは、まずありえない。兵士たちが死ねば、乗組員は皆、降伏《こうふく》します。河川賊どもは積み荷を奪《うば》っておしまいです。いい女がおれば、女を奪うこともありましょう。ですが、私掠船の場合は違います。もしある者が気に入らなくて始末せよという命令を受けておる場合、万が一生き残りがおると困ります。そういう場合は皆殺しにするのでございます。ゴルギント伯は、以前から自分に楯突《たてつ》く者を葬《ほうむ》っているという噂の絶えない方でしてな。ゴルギント伯と衝突《しょうとつ》した者は河川賊に襲われて亡《な》くなっておるのです。生き残りがおりませんので証拠はございませんが、ゴルギント伯の私掠船でしょうな」

と推測を披露する。ヒロトにとってはタメになる情報である。ユニヴェステルは黙っている。大長老にとってはすでに知っていることなのだろう。

ハリトスがつづける。

「ただ、勘違《かんちが》いしないでいただきたいのは、そもそも河川賊は、我が国の貴族も持っているものだということでございます。フェルキナ伯爵《はくしゃく》もルメール伯爵もお持ちです。テルミナス河に領地が面している貴族の方々は、ほとんど私掠船をお持ちでしょう。いざ川向かいの隣国と戦う時に船なくして勝利できませんからな。国が変わっても同じことです。グドルーン女伯も私掠船を持っています。が、一番有名なのはゴルギント伯のものでしょうな。ゴルギント伯の私掠船は、アグニカの私掠船の中では最強だと言われております。ガセルがサリカ港を落とせないのは、ゴルギント伯の私掠船があるからだという話もございます」

と一気に説明する。ハリトスはエルフの中ではおしゃべりな方らしい。

「私掠船に襲われたことはある？」

とヒロトは尋ねてみた。ハリトスは即答《そくとう》した。

「ございます。連中は小舟《こぶね》でやってくるのでございます。なにせ、商船と違って小舟は小回りも利《き》くし、速いですからな。サリカ付近のテルミナス河岸は入《い》り江《え》が非常に複雑に入り組んでおりましてな、河川賊や私掠船が隠れるにはもってこいの場所になっとるのです。連中はそこに潜《ひそ》んでいて、さ～っと出てくるのでございます」

「それで？」

とヒロトは先を促《うなが》した。

「ちょうどアグニカとガセルが互いに入港税を吊り上げて険悪になっている時でございましてな。まだ戦は起きておりませんでしたが、両国が互いに私掠船で襲うということがだんだん増えておったのでございます。それでガセルの商船がヒュブリデの船に擬装《ぎそう》して難を逃《のが》れているということが起きていましてな、わたしの船も疑われて襲われたのでございます。甲板《かんぱん》によじ登ってくるのもあっと言う間でございました。連中は何もかもが早いですぞ」

「ゴルギント伯の私掠船だったのか？」

「間違いないでしょうな。我々がヒュブリデのエルフだとわかると、決して山ウニを買わぬようにと釘《くぎ》を刺《さ》して帰っていきました。その時、一人が閣下に報告だと言ったのが聞こえたのでございます。ゴルギント伯でございますか？　と尋ねたら、余計なことを聞くなと怖《こわ》い顔をされました。つまり、ゴルギント伯の私掠船の連中ということでございましょう。思えば、持っている剣《けん》もなかなか立派なものでございました。私掠船と河川賊との違いは、装備に表れますな。特に剣に。私掠船の連中はいい剣を持っております」

とまたまたタメになることをハリトスが披露する。証拠も証言もないが、カリキュラの姉を襲った連中も、同じようにいい剣を持った者たちだったのかもしれない。

ヒロトはハリトスから是非とも重要な情報を聞き出したくなった。もしかすると、大長老を説得する材料が手に入るかもしれない。

「カリキュラはゴルギント伯が交易裁判所の裁判官に命じて不受理の裁決を出させたって言ってたけど、それはどう思う？　裁判官の見識不足？」

とヒロトは踏《ふ》み込んで聞いてみた。

「それはないでしょうな。わたしが聞く限り、トルカとシドナでは公正な裁判が行われているようです。半年前の取引に対して三倍の値をつけたアグニカ商人がいて、ガセル商人が訴《うった》えた。本当に現地の収穫《しゅうかく》が激減していたのなら別ですが、それは確認《かくにん》できなかった。それで、裁判所が半年前の値で取引するように命じておるのです。よほどの愚《おろ》か者でない限り、ゴルギント伯からの命令だと答えるでしょうな。サリカの役人でゴルギント伯に逆らう者はおりません。交易裁判所の裁判官は、ゴルギント伯に命令されて不受理を連発したと考える方が妥当《だとう》でしょう。あの方は法に対して誠実な方ではございませんので。あの方が弱いのは力に対してだけでしょう」

とハリトスが断言する。その言い方には、反感も滲《にじ》んでいた。法を尊ぶエルフにとってゴルギント伯は好ましい人物ではない。ハリトス自身にもあまりいい思い出はないのだろう。

ともあれ、ハリトスが力に言及してくれたのは、ハードなアプローチを主張するヒロトにとっては追い風だった。ヒロトは横目で大長老を窺《うかが》った。

表情の変化はない。

ヒロトはさらに説得のために質問をぶつけてみた。

「ガセルとアグニカの両国に会議を提案して両国の代表が話し合えば、ゴルギント伯は公正な裁判を行うように命令する？」

「無理でしょうな。ゴルギント伯がまずテーブルに着かんでしょうな。女王とグドルーン女伯が圧力を加えようが、聴《き》かんでしょう。笛吹《ふ》けど踊《おど》らずに終わると思いますよ」

とハリトスが即答する。

「親書を女王やグドルーン女伯に送ればどうかな？」

とさらにヒロトは畳《たた》みかけた。ハリトスは思わず失笑《しっしょう》を洩《も》らした。

「親書が来たところで、破り捨てておしまいです。あの男は力にしか屈《くっ》しない男です」

いい答えだ――――！

ヒロトにとっては我が意を得たりであった。

だが——ユニヴェステルはことさら感銘を受けた様子ではなかった。真新しいことを聞いたような感じもない。双眸《そうぼう》の奥《おく》も、色は少しも変わっていなかった。

もう知っていることだった？

その可能性はある。だが、ヒロトと同じように武力行使を考えているのなら、そこでうなずくなり、同意のリアクションがあるはずだ。

だが、それはなかった。むしろノーリアクションだった。つまり、武力行使をすべきだとは考えていないということである。

（ハリトスは、交易裁判所にはゴルギント伯が関わっていると言っている。ゴルギント伯は力にのみ屈すると言っている。交易裁判所の不正義を正すなら、力の行使、武力行使しかありえない。なぜ無反応なんだ？）

「大長老は、ゴルギント伯を屈伏《くつぷく》させるためには何が必要だと思われますか？」

ヒロトは探《さぐ》ってみた。

「できることをやるまでだ」

とユニヴェステルは答えた。慎重《しんちよう》な物言いだった。武力行使を考えているのなら、このような慎重な物言いはしない。

「自分はハリトス殿《どの》と同じ考えです。圧力以外、あの男を変えることはできません」

とヒロトは断言した。

「無論、やれる範囲《はんい》で圧力は加える。ただし無際限にとはいかぬ」

またしても慎重な言い方だった。トーンはまったく変わらなかった。ハリトスは力にしか屈しないと断言したが、ユニヴェステルには響《ひび》いていなかった。

（なぜだ……!?）

3

ヒロトは失望とともに大長老の部屋を後にした。結局、大長老の説得はできなかった。

ヒロトはハリトスの話に心を動かされたが、大長老は動かされなかった。

やれる範囲で圧力を加える――つまり、会議の開催を提案するか、使節を派遣するか、そのどちらかということだ。大砲《たいほう》で喩《たと》えるなら、「両国で話し合いましょうね」という協議砲を撃つか、「遺憾《いかん》である」と表明して軽く非難する遺憾砲を撃つかということである。

そしてパノプティコスも同じことを考えている。

二人の物言いは、驚《おどろ》くほど似ていた。

《現時点でできることとできないことがある。今はできることをするべきだ》

そうパノプティコスは言った。

《できることをやるまでだ》

大長老の言葉は、宰相の言葉とそっくりだった。すでに二人で話をして、結論を出しているのかもしれない。厄介《やっかい》である。

（協議砲も遺憾砲も効かないのに……）

もやもやしながら部屋に戻《もど》ると、二人の女性が待ってくれていた。

一人は羽飾《はねかざ》りの帽子《ぼうし》をかぶった女だった。帽子の下から、漆黒《しっこく》のミディアムヘアと青色の瞳《ひとみ》が覗《のぞ》いている。丸みのある鼻頭《はながしら》とふっくらとした唇《くちびる》の持ち主で、美人だった。女は真珠《しんじゅ》のネックレスを三つ、ぶら下げていた。一つ目は白色のもの、二つ目は黒色のもの、三つ目は金色のものである。大きくV字に胸元《むなもと》が切れ込んだワンピースドレスを着ていて、ヒロトを見ると帽子を取った。

フェルキナ・ド・ラレンテ伯爵——新しい財務長官である。

もう一人は、まるで古代エジプトの姫君《ひめぎみ》のように黒い前髪《まえがみ》を一直線に切り揃《そろ》えたボブヘアの女だった。彫《ほ》りが深く、切れ長の目で、睫毛《まつげ》が長い。鼻筋が細く際立《きわだ》っていて、エキゾチックな美貌《びぼう》である。シルクでこしらえた、金糸の混じった白いチャイナドレスを着ていたが、胸は豊かにふくらんでいた。それなのにウエストは細い。

亡き北ピュリス王国の王族にして宮廷顧問官《きゅうていこもんかん》のラケル姫《ひめ》であった。

カリキュラはすでに退室していたが、二人はエクセリスからカリキュラのことを聞いたようだった。

「今日の議題には――」

とフェルキナ伯爵が探りを入れる。

「議題には上る。ただ、パノプティコスは武力行使には反対だって言ってる。艦隊派遣《かんたいはけん》をすれば逆効果だって」

「なぜです？」

とフェルキナ伯爵が眉間《みけん》に皺《しわ》を寄せる。彼女《かのじょ》は、かつて北ピリュス再興のためには武力行使あるのみと考えていたタカ派である。今回の件でも、武力行使ありきで考えていたのだろう。

「アグニカが対抗措置《たいこうそち》で明礬石を輸出停止にすることを惧れているみたい」

「その時にはガセルとピュリスとともに軍事行動を起こすと宣言すればいいだけです」

とフェルキナ伯爵が言い切る。ヒロトと同じ考えである。

「武力行使をしても効かないと考えているのではありませんか？　アグニカ側が貴族会議

の決議を知っていて、こけおどしにしか取られないと思っているのでは……」

とラケル姫が指摘《してき》した。

ヒロトは唸《うな》ってしまった。充分《じゅうぶん》ありうることだった。

貴族会議が決議した時、ヒロトはレグルス共和国にいた。なので、枢密院会議のメンバーがどのような反応を見せたのかは、ヒロトも知らない。

「決議を聞いて、みんな驚いてた？」

とヒロトはラケル姫に尋ねた。

「報告は個別に来たんです。わたしはフェルキナ伯爵から聞きました。その前に、貴族会議が開かれているという話は聞いていたんですけど――」

ラケル姫の説明をフェルキナ伯爵が受け継《つ》ぐ。

「貴族会議にはわたしは欠席だったのですが、戦争に伴う課税を認めないと決議したと聞いて……。陛下は相当怒《おこ》っていました。大長老も苦虫を噛《か》みつぶした顔をしていました。宰相も渋《しぶ》い顔をしていました」

つまり、衝撃《しょうげき》は相当あったということだ。

「大法官と書記長官は、ヒロト殿への当てつけだろうと。ヒロト殿憎しで虫の手足をもごうとしたのだろうと、そう言っていました」

とフェルキナ伯爵が付言する。

ヒロトはぽりぽりと頭を掻《か》いた。大貴族たちにも嫌《きら》われたものである。ヒロトが国王選挙でハイドラン侯爵を敗北させたこと、国のナンバーツーになったこと、ハイドラン侯爵を失脚《しっきゃく》させてベルフェゴル侯爵を葬ったこと、その後もナンバーツーの座にいつづけていることが気に食わないのだろう。

権力の階段を上がるとはこういうことである。つまり、自分が上がることによって名誉《めいよ》や利益を失う者の妬《ねた》み嫉《そね》みやいやがらせや攻撃を集めるということなのだ。ちっぽけな島《しま》根性《こんじょう》──小さな島の中での名誉を争う根性──のせいである。

「貴族会議の決議のことを、きっと相当気にしていらっしゃるのでしょう」

とラケル姫も付け足す。

「決議なんか関係ないんだけどな。たとえ相手が決議を知っていたとしても、艦隊《かんたい》を派遣すれば、アグニカは、まさか……と考えざるをえなくなる。決議があるから戦争はすまいと高を括《くく》っていたら、いきなりヒュブリデが艦隊を派遣した。これ、マジで戦争ある？ガセルとピュリスと組んでの戦争をやらかす？って疑心暗鬼《ぎしんあんき》になる。そうなったらこっちの勝ちなんだ」

とヒロトは説明した。

「わたしはヒロト殿に賛成です。艦隊は派遣すべきです」

と女伯爵のフェルキナが支持してくれる。

「わたしも、もちろん」

とラケル姫も同意する。

二人は自分の支持に回ってくれた。問題は残りのメンバーである。

宰相パノプティコスと大長老ユニヴェステルは艦隊派遣というハードなアプローチに反対の立場である。ソフトなアプローチを推《お》していると見ていい。

精霊《せいれい》教会の副大司教シルフェリス、大法官と書記長官はどうか。そして肝心のレオニダス王は――。

「レオニダス王、艦隊を派遣しろって言うかな？」

ヒロトはフェルキナ伯爵に質問を投げてみた。アグニカ大嫌《だいきら》いのレオニダス王なら、ゴルギント伯をぶっ叩《たた》いてこいと言うんじゃないかという期待を込めて聞いてみたのだ。

だが、答えは真逆だった。

「恐《おそ》らく渋るでしょう。ヒュブリデ商人が殺されたのなら、怒って艦隊を派遣しろと命じられるでしょうが、殺されたのはガセル商人です。このたびのことは、あくまでもガセルのことです。そして陛下はアグニカが大嫌いです。関わりたくないと思うに違《ちが》いありません」

「でも、関わらないでいると、もっといやな形で関わらざるをえなくなる」

とヒロトは指摘した。フェルキナ伯爵は顔を曇《くも》らせた。

「それで陛下を説得できるかどうか……」

4

王の執務室《しつむしつ》に枢密院会議のメンバーが全員揃っていた。大長老ユニヴェステルにフェルキナ伯爵、そしてラケル姫。緑色の上衣を着た長身の頑固《がんこ》そうな男が大法官、茶色の上衣を着た真面目そうな男が書記長官。袂《たもと》の長い、白いロングドレスで爆乳《ばくにゅう》を覆ってほとんど見えないくらい細い目をした美女が、精霊教会副大司教シルフェリスである。

予告通り、宰相パノプティコスはサリカ港の交易裁判所の最低な裁定について、真っ先に議題に上げた。最初に反応したのはレオニダス王である。

「アグニカは屑《くず》だからな」

のっけから辛辣《しんらつ》であった。相変わらずの毒舌《どくぜつ》、相変わらずの問題発言である。

「で、ヒュブリデ人は殺されたのか?」

とレオニダス一世は尋《たず》ねた。

「いえ。殺されたのはガセル人のみです」

とパノプティコスが答える。レオニダス一世は、机から上体を離《はな》した。明らかに興味を失った様子だった。

（ヒュブリデ人がいないからスルーしていいって問題じゃない）

とにかく王を説得しなければならない。ヒロトは先制パンチを放った。

「陛下。重要なのは被害者《ひがいしゃ》がヒュブリデ人かそうでないかではありません。我が国が深く関わった裁判協定を無視したということが重要なのです。ある意味、陛下を舐《な》めています。陛下のツラを引っぱたいた者に対しては引っぱたくべきです」

とヒロトはレオニダス王の矜持《きょうじ》を刺激《しげき》した。フンと王が鼻を鳴らす。

（うまくいくと、この糞野郎《くそやろう》って怒って、艦隊派遣《はけん》を決断してくれるかもしれない）

ヒロトはつづけた。

「それだけではありません。アグニカとガセルが長期的な戦争に突入《とつにゅう》する可能性が、最大級に高まっています。どんなに遅《おそ》くとも半年以内には両国の間で戦が発生します。開戦すれば、テルミナス河は交戦地域になるため、明礬石の安定供給に大きな支障が生じることになります。両国の戦争の抑止《よくし》が絶対的に必要です。使節の派遣や懸念《けねん》の表明では、戦争を防ぐことができません。艦隊を派遣して、ヒュブリデは本気で攻撃してくるかもしれない、ガセルとピュリスと手を組んで攻めてくるかもしれないと思わせることが必要です。それが陛下の名誉を守ることにもなります」

悪くはない滑り出しだった。ことさら説得として失策があったようにも思えない。

だが、のっけからヒロトは思わぬ反撃を受けることになった。立ち上がったのはパノプティコスである。

「艦隊派遣にはわたしは反対です、陛下。それこそ藪蛇《やぶへび》というものです。貴族会議の決議により、大規模な軍事行動は非常に難しくなっております。大貴族たちが課税の条件として求めているものは、恐らくハイドラン侯爵《こうしゃく》の名誉回復です。つまり、侯爵から公爵に戻し、さらに王位継承権《けいしょうけん》を復活させること。妥協点を見つけるのは難しく、交渉が難航するのは必至です。しかも、このことは耳の早いゴルギント伯ならつかんでいるはず。艦隊が到着して脅しをかけたところで、大規模な派兵がないことはゴルギント伯は把握しているでしょう。無駄なこけおどしにしかなりません。それどころか、報復として明礬石《みょうばんせき》の輸出停止を招きかねません」

といきなり真正面から反対をかましてきたのである。

(真っ向から反対？)

事前に部屋で打ち合わせた時にも、宰相は壁となって立ちはだかった。枢密院《すうみついん》会議でも、ヒロトの壁になるつもりらしい。

パノプティコスがつづける。

「陛下もご存じの通り、やられたらしぶとくやり返そうとするのがゴルギント伯です。あの男は威圧されておとなしくするようなタマではございません。必ず報復します。明礬石を積むべくシドナ港へ向かう我が国の商船の前に立ちふさがって先に進ませないようにするくらい、朝飯前でございます。それこそ、明礬石の安定供給に大きな支障が生じます。さらに商船をシドナへ進ませるための条件として、今後二度と交易裁判所の裁決に対して口出ししないこと、さらに有事の際には派兵することも約束させられかねません。むしろそうなるでしょう。明礬石を失い、余計なことを約束させられることがないようにするためには、余計なことをせぬことが肝要でございます。ガセルに対しては協議を打診すればよろしいでしょう」

とパノプティコスは締めくくった。

ずいぶんと確信を持っているような物言いだった。特にゴルギント伯に対しては断言している。何か、断言できる情報を持っているような言い方だ。

それが、ヒロトは少し引っ掛かった。

なぜ、あんなに言い切るんだ？

わからない。ただ、ヒロトの予想とは違っている。

宰相が主張しているのは明白だった。ゴルギント伯は報復する。だから、報復を避《さ》けて遺憾砲と協議砲を撃てということである。ヒロトからすれば、最も効果のない方法だ。侵略を実行中の独裁者に対して遺憾砲を連発するようなものだ。何度撃とうが、実効性はない。

ヒロトは言い返そうとした。だが、反論する前に、

「わしも同感だな」

と間髪《かんはつ》を容《い》れずにユニヴェステルまで同意してきた。

「わたしも同感だ。ゴルギント伯は必ず報復する。黙って言うことを聴く男ではない」

と大法官もうなずく。一気に三人がヒロトの敵に回った。いきなりアウェイ的状況が出現である。覆《くつがえ》して艦隊派遣にまでもっていかなければならない。ヒロトは口を開いた。

「まずガセルに対して協議を持ちかけても、ガセルを呆《あき》れさせるだけです。協議を開いて裁判協定を結ばせたのにそれを破っている者がいる。その状況で、もう一度協議を開けば問題解決するだろうと考えるガセル人は、王国の首脳陣に一人もいません。協議を打診したところで、何を言っているのだと白い目で見られるだけです。我が王の名誉がいたく傷

つけられます」

とヒロトはまず協議砲を退けた。

「また、艦隊を派遣せずにただ使節を派遣して遺憾を表明したとしても、やはりガセルは呆れます。ヒュブリデには本気で問題を解決するつもりがないのだとヒュブリデを見切ります。その途端、ヒュブリデはアグニカとガセルの問題に対して影響力を失います。両国の問題は、ヒュブリデには制御不能に陥《おちい》るということです。また、ゴルギント伯には完全に舐められます。エルフの商人ハリトスによれば、ゴルギント伯は力にのみ屈する男とのことです。そのような男に対して使節を派遣するだけで済ませば、間違ったメッセージを送ることになります。『どんなことがあろうとも、ヒュブリデはアグニカを攻撃しない。交易裁判所で不正義をつづけようとも、ヒュブリデはアグニカを攻撃しない。もちろん、ヒュブリデがガセルとピュリスと手を組むこともない。だから安心せよ』。その瞬間、我が王は舐められ、戦争の抑止は失敗することになります。我が王の名誉もいたく傷つけられることになりましょう」

とヒロトは遺憾砲も退けた。さらにつづける。

「現時点では、我が国は大規模な艦隊を派遣できません。もしゴルギント伯が決議のことを知っているとすれば、後の手がないからヒュブリデは艦隊を派遣すまいと考えていると思います。明礬石のこともあるから、ヒュブリデは強くは出てこないだろうと高を括《くく》っているはずです。ところが、そこへヒュブリデの艦隊がやってくる。たとえ二、三隻《せき》であっても、目の前にヒュブリデの艦隊が来れば、さすがにゴルギント伯も考えます。『まさか、ヒュブリデは実力行使をするつもりなのか？　決議をひっくり返して、大規模に派兵するつもりなのか？　艦隊を派遣したということは、ガセルとピュリスの両国と手を組むこともありうるぞ？』。ゴルギント伯を揺さぶるのが狙いなのです。揺さぶれれば、交易裁判所の是正まであと一歩です。でも、使節の派遣も協議の提案も、ゴルギント伯を揺さぶれません。揺さぶれるのは艦隊派遣だけなのです」

とヒロトは締めくくった。

「わたしも同感です」

とフェルキナ伯爵《はくしゃく》が同意する。

「わたしも同じです」

とラケル姫も味方に回る。だが、反対者たちにはヒロトの雄弁は響いていなかった。今度は大法官がヒロトの敵側に回って挑みかかってきたのである。

「だから艦隊を派遣すれば、報復を招くと言っておるのだ！　あの男は誰の指図《さしず》も受けぬ男だぞ!?　自分はサリカの王であり法であると勘違いしておるのだぞ！　そのような者に、たかだか二、三隻の艦隊を派遣してどうする⁉　艦隊戦では無敗の男だぞ⁉　臆《おく》するわけがない！　おまけにゴルギント伯は機を見るに敏《びん》な男だ！　高圧的に迫れば高圧的に返して自分の利益を得ようとする！　艦隊を派遣すれば、『ヒュブリデはゴルギント伯に楯突《たてつ》く敵である、よって報復を受けても当然である』というメッセージを送ることになるのだ！　必ず報復を食らって余計な協定を結ばされるぞ！」

いらだたしげな怒鳴り声で、かなり感情的になっている。

（なんでこんなに感情的になるんだ？　なぜこんなに断言するんだ？）

ヒロトは少し不思議な気持ちになった。宰相同様、大法官もゴルギント伯に対して断言している。

なぜだかわからない。わからないが、今問うている場合ではない。

「飛空便を停止するといえば、ゴルギント伯は黙ります。ゴルギント伯も、飛空便がアグニカの国防に対して持つ意味はわかっているはずです」

とヒロトは言い返した。だが、今度はパノプティコスが反撃してきたのだ。

「飛空便の停止は得策《とくさく》とは言えぬ。グドルーン伯を刺激する。明礬石を我が国に売る暗黙の条件は、飛空便の継続だったはずだ。飛空便を停止すれば、グドルーン伯は必ず反発して明礬石の輸出を停止する。どちらが先に停止を解《と》くか。飛空便を停止したところで、アグニカ側ではたちどころに効果が出るわけではない。だが、明礬石はそうはいかぬ。我が国が先に折れることになる。それこそ、我が王の不名誉となるぞ」

となかなか有効な反論を浴びせてきたのである。だが、ヒロトにとっては同意できない反論だった。

「グドルーン女伯は報復しません」

とヒロトは言い切った。

「彼女は、アグニカにはピュリスとガセルの連合軍を打ち破る力がないと見ています。だから飛空便を歓迎したのであり、だから裁判協定を結んでガセルの攻撃を防ごうとしたんです。彼女は飛空便を重視しています。飛空便が停止となれば、必ずゴルギント伯に圧力を掛けます」

ヒロトの冷静な説明に、大法官がキレぎみに叫んだ。

「だから圧力は無駄だと申しておるのだ！　女王が圧力を加えようとグドルーン伯が圧力を加えようと、ゴルギント伯は動かぬ！　あの男は脅されておとなしく引き下がるようなタマではない！　あの男に黙従などありえぬ！　貴殿はゴルギント伯に会ったことがないから、艦隊を派遣すればゴルギント伯が応じるなどと戯言《たわごと》を口にするのだ！　わしは五年前に、あの男に会っておる！　それも何度もだ！　ここにおる大半の者はそうだ！　あの男は、王都《ここ》に数カ月おったのだ！　陛下も、レグルス留学時に幾度となくあの男と接触されている！　想像でものを言うのではない！」

パノプティコスが、書記長官が、軽くうなずいた。驚いたことに、ユニヴェステルまでもがうなずいた。

ヒロトの知らない事実だった。ゴルギント伯に何度も会ったのはレオニダス王だけかと思っていたが、大法官も書記長官もユニヴェステルも、数カ月にわたってゴルギント伯に会っていたのだ。

（宰相と大法官がゴルギント伯について断言したのは、そういうことだったのか……）

ヒロトはようやく謎《なぞ》の答えに辿《たど》り着いた気分だった。

自分たちは何度もゴルギント伯に会っている。だから、どのように接すればゴルギント伯がどのような行動を見せるかもわかっている――。

その自負からゴルギント伯について断言し、ヒロトの提案を撥《は》ね除《の》けていたのだ。自分たちの方がゴルギント伯をよく知っているから、自分たちの意見の方が正しいのだ。ヒロトはろくに会ったことがない者ゆえ、余計なことをしようとしているのだ――。

厄介《やっかい》な自負だった。しかも、崩すのが難しい自負だった。自負を抱いているのが一人だけなら議論の場を自分の方に引っ張っていけるが、メンバー九人中五人もいるとなると、議論は平行線になってしまう。相手がゴルギント伯のことを完全に把握していると思っていない状態ならばヒロトが付け入る隙《すき》があるが、自分こそが把握していると思っている者には隙がない。

（少し違う切り口で迫るしかない）

ヒロトは再び口を開いた。

「時間のスケールを広げてみてください。今一瞬ではなく、一年後、二年後までスケールを広げてみてください。ゴルギント伯には使節だけを送ります。できれば裁判協定を遵守《じゅんしゅ》してほしいと下手《したて》に迫ります。ゴルギント伯は当然無視するでしょう。明礬石には圧力を掛けないでしょう。でも、ガセルは我慢の限界にあります。自分がガセルを旅した時、思い知らされたのがガセル人の対アグニカ人感情の悪さでした。いつでも爆発寸前の状態なのです。その上で交易裁判所の不正義がつづけば、ガセルは必ずピュリスに協力を求めて戦争に踏み切ります。半年後にはアグニカとガセルの間で戦争が開始されるでしょう。攻撃目標は間違いなくサリカです。そしてサリカの沖合は、我が国の商船が明礬石を積んで帰る通過点です。トルカ紛争のように短期間で決着すれば問題はありませんが、サリカはアグニカにとって要衝《ようしょう》の地です。サリカから延びる川を北上すれば、首都バルカに辿り着きます。アグニカはどんな犠牲を払ってでも要衝を守り抜こうとするはずです。戦《いくさ》は絶対長引きます。長期間、テルミナス河が戦場でありつづけるということです。つまり、我が国の商船が危難に遭《あ》う期間が長引くんです。アグニカとガセルの互いの国の商船が攻撃され合うことになるでしょう。その中で我が国が中立を宣言すれば、攻撃を免れるためにガセルの商船もアグニカの商船も、我が国の商船に擬装《ぎそう》します。その結果、中立を宣言しているにもかかわらず、我が国の商船も攻撃を受けることになります。そうなった時、我が国には有効な選択肢《せんたくし》がほとんどないんです。もしアグニカが窮地《きゅうち》に立たされれば、グドルーン女伯は我が軍に対して、援軍を派遣しなければ明礬石を輸出しないと言い出すかもしれません。それに対しても、我が国は有効な選択肢がほとんどありません。そういう未来が待っているのに、艦隊は派遣しないというのですか？」

　ヒロト得意の未来予想だった。正確な未来予想から、ヒロトは何度も多くの者たちを説得してきたのだ。

　だが、未来予想は反対者の心を打たなかった。逆に反対者の代表として、大法官が立ち向かってきたのだ。

「ならば、わしが貴殿の未来を予想してくれる。艦隊を派遣すれば、ゴルギント伯は間違いなく報復する。ヒュブリデ商船がサリカ沖を通過することを妨害に出る。いきなり拿捕《だほ》するということが起きるやもしれぬ。貴殿は報復として飛空便を停止する。途端にグドルーン伯も、飛空便の停止が解除されぬ限り、明礬石の輸出を停止すると宣言する。我が国は飛空便を再開せざるをえなくなる。裁判協定はまったく遵守されず、ガセルはピュリスと組んで戦争を始める。テルミナス河は戦闘区域になる。我が国は中立を宣言して、我が国の商船を攻撃せぬように頼むが、自分を脅《おど》した国を、ゴルギント伯もグドルーン伯も丁重に扱うはずがない。むしろ、攻撃せぬ条件として我が国の参戦を引き出そうとするであろう。つまり、状況としては最悪になるということだ」

宰相が、書記長官が、そして大長老がうなずいた。

ヒロトの未来予想は空振りだった。いや、空振りどころではなかった。柔道でいえば、内股《うちまた》を掛けようとして内股透《うちまたす》かしを喰《く》らったような感じだった。ヒロトが得意としている未来予想で反撃されてしまったのだ。

自分たちの方がゴルギント伯を知っている。自分たちの方がゴルギント伯の行動を読める――。

その壁は思った以上に高く、分厚かった。棒高跳びの世界でいえば、六メートル三十センチどころではなく、十メートルの次元だった。

ヒロトが考えるゴルギント像と大長老たちが考えるゴルギント像との間には大きな隔たりがあった。ヒロトは自分の考えるゴルギント像から未来予想図を描いていた。対して大長老たちは、大長老たちが考えるゴルギント像から未来予想図を描いていた。スタート地点が違うがゆえに——そしてお互いにスタート地点が正しいと確信しているがゆえに、説得は完全に暗礁《あんしょう》に乗り上げていた。

人には分かり合える部分と分かり合えぬ部分がある。男女の間にもそれがあり、同性同士の間にもそれがある。違う国同士の間にも合一と分断がある。

ヒロトの前に立ちはだかっていたのは分断だった。それも統一できない分断だった。

あきらめる？

それはヒロトにはできなかった。

ヒロトの考えでは、相手の方が間違っているのだ。相手の通りにすれば、ヒュブリデは長期間にわたって国利を失うことになるのだ。

だが、宰相や大法官たちとヒロトとの間にはどうしようもない分断がある。

では、どうする？

ヒロトは一つ手を思いついて、口を開いた。

「ゴルギント伯について、我々の間には考えの違いがあります」

とヒロトは切り出した。

「貴殿は思い切り勘違いをしておる」

と大法官がヒロトを誤謬者《ごびゅうしゃ》に仕立て上げる。かまわずヒロトはつづけた。

「自分には引っ掛かっていることがあるのです。自分がゴルギント伯に会ったのは一度だけ、レグルス共和国のカジノでです。ゴルギント伯は骸骨族の兵を見つけて怒りまくっていました。こんな化け物を入れるな、追い出せと。これはみなさんがご存じのゴルギント伯の姿と重なっています。自分を王であり法であると見做《みな》す姿とかぶっています」

とヒロトは説明した。さらに説明をつづける。

「ゴルギント伯は、骸骨族の兵だけでなく、カジノのスタッフにも怒鳴り散らしていました。つまり、自分より目下の者です。でも、自分が辺境伯だと知ると、賭《か》け勝負をしろと言ってきたのです。自分は断りました。ゴルギント伯は、アグニカに戻って辺境伯は賭け勝負もできぬほど腰抜けの臆病者だと罵《ののし》ってやると悪態を吐《つ》きましたが、自分が、吹っ掛けなくてもいい勝負を仕掛け、しなくてもいい勝負を仕掛けてきたからこそアグニカは今の状態にあるんだ、逆にそのような愚を犯さなかったからこそ、今のヒュブリデがあるんだ、そうグドルーン女伯とアストリカ女王に伝えてって言い返しても、怒鳴り返してこなかったんです。黙っていました。みなさんが懐《いだ》いているゴルギント伯の姿と合わないのです。対等以上の相手に対しては力量を見定めようとしているように見えるのです。自分にはメティスへ助けを求めようとする者を殺そうとしている点も、引っ掛かるのです。

自分が王であり法であると思い込んでいて、なおかつ艦隊戦で無敵ならば、別にメティスを恐れる必要はないのではないか。メティスの許《もと》に駆け込もうとする商人を殺す必要はないのではないか。なぜ、殺そうとするのか。それはメティスの力量をすでに見定めていて危険だと思っているからではないのか。ゴルギント伯は横暴に見えるけれど、実はしっかり相手の力量を見定める男ではないのか。そして今も、我が国がどう動くかで我が国を見定めようとしているのではないか。そう感じるのです。実際にゴルギント伯は過去、グドルーン女伯を王にしようと動きながら、最終的にアストリカ支援に回っています。恐らく内戦を行わぬようにグドルーン女伯を説得したのでしょう。あの男は状況を見定めて退くこともできるのではないかと思うのです」

とヒロトは穏やかに切り返した。自分がゴルギント伯に対して思っている疑問をぶつけることで、相手のゴルギント像を修正しようとしたのである。

大法官は答えなかった。だが、それはヒロトの反論に正論を認めたからではなかった。ヒロトに反論したいけれど、うまい言葉が見つからなくて沈黙していたのである。

黙った大法官の代わりに口を開いたのは、大長老ユニヴェステルだった。

「ヒロトよ。あの男は、ああいう性格ゆえに敵が多い。それゆえ政敵を葬《ほうむ》り去るために、情報をつかもうとするのだ。それが貴殿の言う、『見定めようとする』であろう。貴殿も一度会っているのなら、あの男がすぐにマウントしようとするのはわかったであろう。マウントするためにあの男は情報をつかみ取ろうとするのだ。しかも、あの男は自分の命令に従わぬ者を絶対に許さぬ。あの男がガセル商人を殺害したのは、自分に逆らったように見えたからであろう。おとなしくガセルへ戻るのなら命は取らぬが、メティスに助けを求めに行くのなら、反逆者と見做して葬り去る。あの男は自分が神であり、法であるかのように振る舞おうとするのだ。交易裁判所の解釈をねじ曲げさせたのは恐らくあの男であろうが、それもあの男自身が法であるかのように振る舞う姿を示しておる。我々エルフからすれば唾棄《だき》すべき存在だが、我々の前には明礬石という現実がある。その現実にどう処するかも、枢密院顧問官の仕事だ」

5

大長老の熱弁に、パノプティコスがうなずいた。大法官も満足そうにうなずいた。自分の代わりに全部しゃべってくれたという顔である。書記長官もくり返しうなずいている。

だが、ヒロトは同意する気になれなかった。現実にどう処するかも枢密院顧問官の仕事だとユニヴェステルは言ったが、ヒロトも処しようとして艦隊派遣を主張しているのだ。

どうやって説得する？

ヒロトはまた一つ手を思いついて、アプローチしてみた。

「我が国は法を尊ぶ国です。その国が、法を蹂躙《じゅうりん》する者を許してよいのですか？　ただ使節を派遣するだけでよいのですか？」

エルフはヒュブリデ国の中でも、特に法を尊ぶ者たちである。全国の裁判官の過半数はエルフが占めている。ユニヴェステルのエルフとしての矜持《きょうじ》に訴えようとしたのだ。

さて、どう来る？

ユニヴェステルが口を開いた。

「法を尊ぶことは、我が国の誇りでもある。だが、誇りや理念だけで突っ走るわけにはいかぬ。もちろん、不正義を野放しにするつもりもない。ただし、反発を招くような強硬な手段は取らぬ」

「ゴルギント伯は我が国を見定めようとしています。使節を派遣すれば、野放しになります」

とヒロトは突っ込んだ。

「さればこそ、まずガセルに使者を派遣して協議を打診する。アグニカには複数の者に複数の使者を派遣する。アストリカ女王とグドルーン伯とゴルギント伯に、我が王が親書を送る。このわしも三人に一筆認《したた》めよう」

ユニヴェステルの提案に、

「わたしも三人に送りましょう」

と、ずっと黙っていた精霊教会副大司教シルフェリスが乗った。

「それでは戦争を防げません。戦争が始まれば、明礬石は長期間、輸入が難しくなります」

反論するヒロトに、

「そもそも戦争は防げぬ！」

と大法官が大声で否定した。ヒロトも思わず大声を出した。

「明礬石を長期間安定的に確保するためには、初手《しょて》が重要なんです！　初手で艦隊を派遣することが必要なんです！」

「さよう、初手が重要だ！　初手でゴルギント伯を刺激すれば、その不利益を被《こうむ》りつづけることになる！」

と大法官がヒロトに言い返す。ヒロトも言い返した。

「ゴルギント伯は我が国の動きを見定めているんですよ⁉」

「さよう、生意気な相手かどうか見定めておるのだ！」

とまた大法官が言い返す。ヒロトはまた言い返した。

「ゴルギント伯に、一国の王が臆するのですか⁉」

「臆するのではない！　ものは言う！　さればこそ、三人が三人に手紙を送るのではないか！」

「我が国の受け取り方とゴルギント伯の受け取り方は違います！　我が国にとっての、臆せずものを言うやり方が、ゴルギント伯には腰抜けに映ることもあります！　今回はそうなります！」

「もういいっ」

とレオニダス一世がヒロトと大法官の論戦に終止符を打ちに掛かった。少し怒ったような、いらついたような声だった。

「おれは正直、アグニカには関わりたくない。あんなクソな国のことで煩《わずら》わされたくない。だが、明礬石を失うことだけは阻止せねばならん。ゴルギント伯のことは、おれも何度もカジノで勝負して知っておる。やつは生意気そのものだ。自分のことを王様だと思い込んでいる。だが、戦は下手ではない。強力な艦隊を擁《よう》していて、負けたことがない。そんなやつに二、三隻の艦隊を派遣して意味があると思うか？　もちろん、ヒュブリデの商人が殺されたのならそれでも艦隊を派遣するが、殺されたのはガセル人だ。艦隊の派遣などできぬ」

突き放した言葉に、

「陛下！」

ヒロトは思わず叫んだ。

なぜ？　という気持ちが込み上げる。だが、レオニダス王は一気に言い切った。

「ユニヴェステルの案を採る。おれの親書はヒロト、おまえが代筆しろ。使節もおまえが選べ。ただし、使節はおまえも含めて枢密院顧問官も宮廷顧問官も除外だ」

ヒロトははっとした。

使者のレベルによって、相手への警告のレベルが違ってしまう。枢密院顧問官なら、最高レベルである。相当ヒュブリデが怒っている、本気であるということだ。だが、枢密院顧問官も宮廷顧問官も送らないとなると、警告のレベルはかなり下がってしまう。ヒュブリデは本気ではないというメッセージを与えてしまうのだ。そしてそれを、ゴルギント伯は間違わないはずだ。

「それでは警告のレベルが下がります！」

とヒロトは声を荒らげた。

「最善の策は、艦隊の派遣です！　それを選ばぬのなら、次は武力行使があるぞと思わせる者を選ぶべきです！　自分以外なら、フェルキナ伯爵が最も適任なんです！　戦も辞さぬ人間が赴けば、ゴルギント伯も考えます！」

粘るヒロトに冷静に突っ込んだのは、ずっと沈黙を守ってきた書記長官だった。

「ヒロト殿はまだ枢密院顧問官としての経歴が浅いから無理もないが、訴えてきたのは他国の一商人なのだ。それに対して枢密院顧問官という重臣の中の重臣で応じるのは筋違いだ。まずは下のクラスの者を使節として派遣し、それでも改善がなされなければランクを上げて大貴族、あるいは宮廷顧問官や枢密院顧問官を送る。それが物事の順序というものだ」

思わずヒロトは声を張り上げた。

「通常ならそうでしょう！　でも、今回は通常ではないんです！　非常事態なんです！　もう戦争の足音が迫っているんです！　通常の手順を踏んでいる間に、ガセルとアグニカの間で戦争が始まります！　そして今回は、始まってしまったら――」

「くどいぞ、ヒロト」

ヒロトは沈黙した。主君からの最終通告だった。この一言が出てしまったら、もうどうにもならない。

「枢密院顧問官も宮廷顧問官も派遣せぬ。外国の商人の願いに対して、そこまではできぬ。ヒュブリデ人が殺されたのなら枢密院顧問官を送り込むが、殺されたのはガセル人だ。枢密院顧問官も宮廷顧問官も派遣できぬ。おれとユニヴェステルとシルフェリスの三人の手紙を使節に持たせる。使節の人選はおまえに任せる。ただし、顧問官も大貴族も一人たりとも含めるなよ。もちろん、おまえ自身もだ」

ヒロトは天を仰《あお》いだ。

すべてが終わった。説得は失敗した。ヒュブリデに来て最大級の敗北に、ヒロトは呻《うめ》くことすらできなかった。即位以来、ずっと信頼関係を築いてきたと思っていたレオニダス一世から幕引きを言い渡されたのだ。

(これでゴルギント伯の抑止は失敗する……)

第九章　孤立無援《こりつむえん》

1

枢密院《すうみついん》会議が終わると、宰相パノプティコスは大法官と書記長官とともに王の執務室を出た。

「ヒロトには失望したな。明礬石の確保に尽力《じんりょく》した人間が、明礬石の輸入ができなくなるような策を提案するとは、信じがたい」

と大法官は憤慨《ふんがい》している様子である。

「戦が好きなのかもしれませんな。戦は人を高揚《こうよう》させますゆえ」

と書記長官が大貴族らしからぬことを言う。大貴族の祖先は、本来、戦に従事して重要な役を担《にな》っていた者たちである。北ピュリス王国がピュリス王国に攻められていた時にも、有志の大貴族たちが派兵して北ピュリスの地で戦っている。だが、書記長官の領地はテルミナス河とは離れたところにある。北ピュリスとピュリスとの戦争には自分自身も親も参加していない。

（ガセルに行って、イスミル王妃にかぶれたか？）

とパノプティコスは疑った。ヒュブリデの利益よりも、諸国の平安を、ガセルの怒《いか》りを宥《なだ》めることを最優先させているきらいがある。

（我が国の利益こそ、最優先するべきものだ。他国の王妃の怒りなど、二の次、否、三の次のものでしかない）

2

大長老ユニヴェステルは、王の執務室から宮殿内《きゅうでんない》の自分の部屋へ向かう通路を歩いていた。歩きながら、会議のことを思い出す。

国王は自分の忠告を受け入れたようだ。今まではヒロト一辺倒《いっぺんとう》で、たとえヒロトが少数派でもヒロトの意見を容《い》れていた。だが、今日は突っぱねた。

戦争課税反対決議が出された今となっては、時期としては若干遅《じゃっかんおそ》いのかもしれない。だが、悪くはない傾向《けいこう》だと思う。若き王がヒロトに頼ってしまう心情は理解できるが、王たる者は誰《だれ》か一人にのみ頼りきるべきではない。広く家臣に頼るべきだ。

会議の席でヒロトはずいぶんと粘っていた。艦隊派遣《かんたいはけん》をあきらめられず、なんとか押し切ろうとしていた。だが、誰も耳を貸す者はいなかった。自分の説得が奏功した以上に、そもそもヒロトに誤謬《ごびゅう》があったからだろう。

ヒロトの卓越性《たくえつせい》は、正確な未来予想にある。その前提になっているのは、正確な人物の評価だ。

今回については正しいとは言えなかった。ゴルギント伯に対する見方は間違っている。あまりにもゴルギント伯という人物を知らなすぎる。一度会った程度ではあの男はわからない。

あの男は、滅多《めった》に意見を変えない。女王アストリカの即位を受け入れたのは、グドルーン女伯を支持して戦いをつづけても決定的な勝利が望めないこと、今受け入れた方が自分に有利な条件が手に入ることがわかったからだ。

だが、今回はどうか。今ゴルギント伯は、女王アストリカの即位を承認《しょうにん》したのと同じような状況《じょうきょう》にあるか。

否だ。

ならば、ゴルギント伯は態度を変えない。艦隊を派遣すれば、逆に態度を硬化《こうか》させて報復する。あの男はやられたらやられっぱなしの男ではない。やられたら、必ずやり返す男なのだ。

3

王から送る親書の代筆を済ませると、ヒロトはラケル姫《ひめ》とフェルキナ伯爵とともに宮殿内の部屋に戻《もど》った。道すがら頭の中で何度もくり返したのは、

（なぜ……）

その疑問詞だけだった。

ゴルギント伯に対する見方が違《ちが》う？

その通り。

自分が間違っているのだろうか、とヒロトは思った。自分がゴルギント伯に対する見立てを間違えているのだろうか？　自分は一度しか会っていない。王や大長老は何度も会っている。自分の見方が間違っているのだろうか？

「ゴルギント伯は間違いなく、間違ったメッセージを受け取るでしょうね」

とフェルキナ伯爵も残念そうな様子だった。

「ゴルギントに対するおれの見立てが間違ってるのかな……」

とヒロトはつぶやいた。

「わたしはヒロト殿の見立ての方が正しいと思っています。傲慢一辺倒《ごうまんいっぺんとう》で折れることを知らぬ者が、艦隊戦で無敗ということはありえません。戦は攻めるよりも退くのが難しいと言います。無敗の者は軍を退くのも上手《うま》いはず。そのような者が、艦隊派遣に何も反応しないというのは――」

「でも、無敗だからこそ二、三隻の艦隊にはびびらないんじゃ――」

とヒロトは大長老のように突っ込んでみた。

「二、三隻の艦隊の動きに対しても考え、反応する頭を持っているから、艦隊戦で無敗なのではありませんか？」

フェルキナ伯爵の見事な指摘《してき》に、ヒロトは唸《うな》ってしまった。その反論を、できればさきほど使いたかった。だが、思いつかなかった。

「結局、他国のことなんです。北ピュリスのことも、ヒュブリデの人にとっては他国のことです。それと同じです」

とラケル姫が悲しそうに口を開いた。

「姫様」

とフェルキナ伯爵が口を挟《はさ》む。ラケル姫はフェルキナに向かって否定した。

「あなたがそうだと言ってるわけじゃないの。でも、レオニダス王も言っていたでしょ？　ガセル人の事件に対して枢密院顧問官《こもんかん》を派遣《はけん》することはできないって。書記長官も同じことを言っていたわ。もし殺されたのがハリトスだったら、大長老は黙ってはいない。最低でも枢密院顧問官を抗議に送り込むし、派兵を訴えてる。でも、会ったことのないガセル人が相手だから、明礬石を理由にして出し渋《しぶ》ってるだけなんだと思う。結局、国は自国のことを一番大事にするものだから。そうでなきゃいけないものだし、他国の人を一番大事にするのなら、それはちゃんとした国じゃないと思う。ただの傀儡《かいらい》国家だと思うの」

根無し草として生きるラケル姫の言葉はヒロトの胸に響《ひび》いた。自国の人間が関与《かんよ》していないのは確かに大きい。殺されたシビュラがヒュブリデ人なら、会議は紛糾《ふんきゅう》していないし、ヒロトも説得に苦労していない。

それならなぜフェルキナ伯爵はヒロトに賛同したのだろう、とヒロトは思った。なぜラケル姫は？　二人にとっても、ガセル人の事件は他国のことだ。それでも、ヒロトに同意してくれた。

なぜ？

わからない。

(だめだ。こういう、なぜだ？　を連発しちゃだめなんだ)

とヒロトは心の中で首を横に振った。失敗した時、失敗の原因究明には「なぜだ？」の連呼が頭の中で必要だが、これから最善のアクションを選ぼうという時に「なぜだ？」は最大の邪魔《じゃま》にしかならない。確かに今のヒロトが置かれている状況は、最も望まなかった方の部類だ。最善のアクションを立て続けに潰《つぶ》されて、残っているのは残《のこ》り滓《かす》のような状態である。なぜだ？　を封じ込めて、今の状況下での最善のアクションを探して実行するしかない。

それでも――。

なんと最善の手を潰されてしまったことよ。最善の艦隊派兵はなし。次善のフェルキナ伯爵の派遣もなし。

まさに残り滓。

正直、虚《むな》しくなってくる。だが、今は世を儚《はかな》んでいる時ではない。よい未来、悪い未来というものは、不利や不快に思えることをどう未来のアクションにつなげられるかで決まるものだ。物事がうまくいくかどうかは運に恵《めぐ》まれるかどうかではなく、どう考えてどう動くかなのだ。

ヒロトが小学生の時、父親がよく話していた。どう動けばいいのかを考えない人間は負けつづけると。

たとえば国語の教科書を忘れたとする。教科書を忘れると、国語の教師はめちゃめちゃ怒《おこ》る人だとする。

どうするのか。

世を儚んでも、悲憤慷慨《ひふんこうがい》して漢詩を詠《よ》んでも、教科書は手に入らない。やるべきことは、どういうアクションを取ればいいのかを考えることだ。アクションを考えるために人間の脳味噌《のうみそ》はある。

最初に思いつくのは、別のクラスで国語の教科書を持ってきている知り合いを探すことだ。それで見つかれば万事《ばんじ》ＯＫ。

見つからなければ？　怒られるしかない。

怒られるのはいや？

なら、さぼる？

さぼればさらに叱責《しっせき》はでかくなるだろう。だとすると、逃《に》げるのは得策ではない。得策でないなら、怒られるしかない。あとは、どう怒られるかだ。授業中に当てられて発覚した方が、より怒られるとするなら、授業が始まると同時に前に出向いて教師に告白して頭を下げた方がまだいい。

いや、まだ手があるぞ。

国語までは時間がある。ならば、職員室に出向いて、最初に謝《あやま》ってしまったらどうだ？　そして教科書を忘れたこと、借りる友達がいないこと、でも、先生の授業はちゃんと受けたいので教科書をコピーさせてくださいと頼《たの》んでみるのはどうだ？　授業を受けたいと意欲を示す生徒に対して、とんでもない雷《かみなり》を落とす教師はいまい。

――そんなふうに、今どのアクションが最善かを考えること。考えてそのアクションを実行すること。それが重要なのだ。そう父親はくり返し話していた。

今のヒロトも同じだ。ヒロトが考える最善の手は葬《ほうむ》り去られた。次善の手も葬られた。ヒロトにとっては有効性の低い手しか残っていない。それでもその有効性の低い手で最大限に有効性を高めるためには、どんなアクションを取ればいいのか。

「ガセルには誰を派遣するの？」

ずっと黙っていたエクセリスが尋《たず》ねてきた。

宮廷顧問官と枢密院顧問官は派遣できない。誰を派遣しても、協議の提案は空振《からぶ》りする。それでも、ガセルに対しては空振りをファウルチップに留《とど》めておきたい。

空振りをファウルチップに留められる人物というと――。

ヒロトの視線がエルフの騎士《きし》で止まった。

「アルヴィ、お願いしてもいい？」

「ヒロト殿のご命令ならば」

と即答《そくとう》してくれる。ガセルへの使者は決まった。

「ゴルギント伯には誰を派遣するの？」

とエクセリスが尋ねる。

「父ならきっと断らないわ」

エクセリスの父アスティリスは、ヒロトが不在の間、サラブリア州長官《しゅうちょうかん》の代理を務めてくれている。

枢密院顧問官も宮廷顧問官も大貴族も連れていけないとなれば、連れていける者の中から最高位の者を選ぶしかない。

州長官代理のアスティリスは適任だ。

――本当に適任？

ヒロトは考えた。

テルミナス河を挟んだ隣国《りんごく》ピュリスへ派遣するなら、アスティリスは現在の限られた選択肢の中では最高の者だろう。ピュリスにもエルフは住んでいて、ピュリス人はエルフを使節に送った意味を汲《く》み取ることができる。エルフはヒュブリデ王国では支配者層の階級、上流層である。

だが、アグニカは？

アグニカはピュリスと違ってエルフが少ない。エルフを派遣しても、ピュリスほどエルフを尊敬の眼差《まなざ》しでは見ない。ゴルギント伯も、エルフが派遣されたと聞いても別に態度を改めることはあるまい。

では、ダルムール？

ダルムールはソルシエールの父であり、飛空便の設立に尽力してくれた人間だ。ヒロトにとっても、ずいぶんと昔の頃《ころ》からの支持者であり協力者である。だが、そのことをゴルギント伯が読み取れるか？　大貴族でもないダルムールは、きっとゴルギント伯から舐《な》められて終わりだろう。

（だめだ、人がいな——）

いないと結論しようとして、待てよという気になった。ゴルギント伯には舐められるかもしれない男。しかし、裁判官には舐められないかもしれない男——。一番の身内に、適任者がいるではないか。

「父にするの？」

とエクセリスが確かめてきた。ヒロトは首を横に振《ふ》った。

「ダルムール？」

「違う」

「誰？」

名前を聞かれて、ヒロトは口を開いた。

第十章　靄《もや》

1

昼の陽光が部屋に注《そそ》ぎ込《こ》んでいる。レンブラントの絵画のようにはっきりと陰影《いんえい》をなして、部屋を光と陰《かげ》の二つの世界に分断している。

豪華《ごうか》な天蓋《てんがい》つきの寝台《しんだい》に腰《こし》を下ろしたまま、ヒュブリデ国王レオニダスはヒロトがカリキュラを見送ったことを聞いた。

決議の時のヒロトの顔が忘れられない。

なぜ？

なぜみんなわからないんだ？

そういう顔をしていた。きっと主君なら自分の意見を聞き入れてくれるはずと期待していたのだろう。レオニダス自身も、なぜおまえのような人間がゴルギント伯をわからぬのだ？　という気持ちだった。

だが――あの時、胸の中をもやもやした心の靄《もや》が走ったのも間違《まちが》いないのだ。

自分は正しいと思っている。ヒロトはゴルギント伯を間違えて捉《とら》えている。でも、今までヒロトが間違ったことはない。

もしかして間違っているのは自分ではないのか？　ヒロトの意見を受け入れて英断を行うべきだったのではないのか？

《この国の王は陛下です。多くの者に広く意見を聞いた上で最終的に決めるのが陛下です。ヒロトにばかり頼《たよ》る、ヒロトの意見ばかり聞くでは、反発は広まりますぞ》

大長老の言葉が蘇《よみがえ》って、やかましいとレオニダスは心の中で打ち消した。

おれはいつも自分自身で考えて、自分で決断している。このたびのことも――。

2

夕暮れが迫《せま》るテルミナス河を、帆《ほ》を張ってフェルキナ伯爵の私掠船が進んでいた。薄《うす》いオレンジ色に染まりながら川面《かわも》が雲母《うんも》のように煌《きら》めいている。

甲板《かんぱん》から物憂《ものう》げに川面を眺《なが》めているのは、ガセルの女商人カリキュラだった。

ヒュブリデなら真正面から自分の願いを受け止めて叶《かな》えてくれるんじゃないか。力強い援軍《えんぐん》を送ってゴルギント伯をボコボコにしてくれるんじゃないか。そしてお姉ちゃんの仇《かたき》を取ってくれるんじゃないか。

そう期待していた。

でも――。

ヒュブリデには行かずにピュリス王国のメティス将軍のところに行った方がよかったのかもしれない。

正直、ヒュブリデは期待外れだった。派兵もなし、艦隊派遣もなし、枢密院顧問官《すうみついんこもんかん》などの重臣の派遣もなし。もちろん、ヒロトも来ない。ヒロトが来てくれたらどれだけ心強かったことか。あのゴルギント伯だって、ヒロトが来たらさすがにびびったかもしれない。ヒロトは今、ヒュブリデ王国のナンバーツーなのだ。そのナンバーツーがサリカ港に乗り込んできたら、さすがのゴルギント伯も動転したかもしれない。もしかしたらそうなるんじゃないか、ヒロト自身が来てくれるんじゃないか。そう期待していたのだが――。

ヒュブリデは明らかに派遣する人間のレベルを落としていた。外交使節としては最高位のレベルではなく、格下のレベルの者を派遣すると通達してきた。

《今一番の人間を派遣する》

そうヒロトは言ってくれたが、枢密院顧問官以外のメンバーで一番なんてありえない。

他の者は二番手三番手——いや、もっと低い。四番手、五番手、十番手だ。それではゴルギント伯《はく》に平手打ちを喰《く》らわすことはできない。あの男はヒュブリデの使節を鼻であしらうだろう。

《この手紙をサラブリアのアスティリス殿に直接渡してほしい。この手紙でもどうにもならない時は、自分が行く》

ヒロトにはそう言われたが、心は冷えていた。きっと自分が行くというのも口先だけだろう。ヒュブリデの人間は頼りにならない……。

(真っ先にメティス将軍を頼ればよかった……)

第十一章　失望

1

　ヒュブリデ王国サラブリア州州都プリマリアに居を構えるドミナス城――。その城内の一室で、ベージュ色のトップスを着て同じくベージュ色のズボンを穿《は》き、書き物机で手紙を書いている身長百八十センチの眼鏡の青年がいた。かつて堂心円高校《どうしんえんこうこう》に通っていた男は、器用にヒュブリデの言葉を連ねていた。

　相田相一郎《そうだそういちろう》――ヒロトの幼馴染《おさななじ》みにして、今はサラブリア辺境伯顧問官《こもんかん》を務めている。その相一郎のそばで、恐々《こわごわ》と大きな羊皮紙の本を覗《のぞ》き込んでいるちっちゃなヴァンパイア族の娘《むすめ》がいた。

　思い切り垂れ目である。身長は百五十センチ未満。水色のパフスリーブのドレスを着て、背中から大きな黒い翼《つばさ》を覗かせている。

　ヴァンパイア族サラブリア連合代表ゼルディスの次女、キュレレであった。ヴァルキュリアの実妹《じつまい》である。

キュレレは恐《おそ》る恐《おそ》る物語の本をめくっているところだった。そ〜っと開いてはパタンと本を閉じ、またそ〜っと開いてはまたパタンと閉じをくり返している。怖《こわ》いお話で、恐ろしい挿絵《さしえ》が出てくるのだ。

正直怖い。怖いけれど、見たい。見たいけれど、怖い。

アンビバレントな気持ちが収まらない。

この頁《ページ》かな。

あ、違う。よかった。

本を閉じる。でも、閉じるとなぜだか見たくなる。怖いのに見たくなる。

見ちゃおうか。でも、怖い。でも、やっぱり見たい。

そろ〜っと開く。

ない！

また本を閉じる。なのに、また開いてしまう。

やっぱりない。

（もしかしてないのかな？）

めくった瞬間《しゅんかん》、真っ赤な目の玉が顔から飛び出したグロい絵が現れて、キュレレは引きつった。声にならない叫び声を上げて相一郎に飛びつく。

「どうした？」

「ソ〜イチロ〜〜ッ！」

　としがみつく。

「なんだ、また怖い挿絵を見てたのか？」

　と相一郎が笑う。

「大丈夫《だいじょうぶ》だぞ、怖いお化けはお兄ちゃんがビームで倒《たお》してやるから。相一郎ビ〜〜〜〜ムッ！」

　相一郎はいきなり変な真似《まね》をしてみせた。キュレレはぽかんとして相一郎を見た。

　ビームって何だろう。

　わからない。

　ビームッ！　と最後が促音《そくおん》になっているのは『ゲッターロボ』のゲッタービームの真似をしたからなのだが、キュレレにはオタク的素養はないからそんな細かいこともわからないし、そもそもヒュブリデにはアニメそのものがない。

「ビ、ビームって言ってもキュレレわからないよな、はははは……」

　と相一郎が苦笑《くしょう》する。滑《すべ》った時の悲しいアクションである。

「相一郎、お化けに強い？」

キュレレは聞いてみた。

「強いぞ」

「ほんとに？」

「ほんと」

相一郎は笑顔《えがお》である。だが、笑顔すぎる。

──怪《あや》しい。キュレレは確かめたくなった。本当に相一郎は強いのだろうか。でも、どうやって確かめよう。

いきなり閃《ひらめ》いた。これなら確かめられるかもしれない。

「あ」

とキュレレは言ってみた。何も見えてないのに、壁《かべ》を指差してみる。

「ゆうれい」

「ぎゃあ～～～～～～～～～～～～～～～っ！」

相一郎はキュレレより馬鹿でかい声で叫び声を上げた。キュレレはすっかり怖さを忘れて破顔した。

（全然強くない～っ♪）

2

三日後――。

サラブリア州内からドミナス城に到着《とうちゃく》したばかりの騎士を、相一郎はキュレレと並んで出迎《でむか》えているところだった。

一週間ほど前、ヒロトから至急サリカ港へ使節を派遣するゆえ、同行する騎士を最低でも五十名、できれば百名を用意してほしいと手紙が届いたのだ。すぐに飛空便――ヴァンパイア族を使った郵便――を利用して州内の城主に連絡《れんらく》。協力に応じた騎士たちが州内から到着したのである。

ヒロトが何に直面しているのかは、相一郎もわかる。サリカ港でガセル商人が不正な売値について訴《うった》えたが、却下《きゃっか》。怒って船に乗り込んだが、死体となって発見された。商船の乗組員は全員死亡したらしい。きっとそのことだろう。またきな臭《くさ》くなりそうな雰囲気《ふんいき》である。ガセルとピュリスは再び戦端《せんたん》を開くことになるのかもしれない。

なぜヒロトは艦隊を派遣しなかったのだろうと相一郎は思う。アグニカの裁判官が裁判協定を曲解しているのは明白だ。そんなやつに使節を送るなんて、手ぬるい。法を無視するやつはボコボコにしてやればいいのだ。ああいうやつは脅《おど》されないと従わない。

昔自分をいじめていたやつのことを思い出してしまう。そいつにはさんざんたかられていた。ヒロトが気づいて、ある日、刺身《さしみ》包丁を手にその男のところにやってきたのである。別に包丁を向けたわけではないが、ひときわ長い刺身包丁を教室の真ん中で剥《む》き出しにされて、男は完全にびびった。半泣きになって逃げた。あとでヒロトはずいぶんと教師に叱《しか》られたが、男は二度と相一郎をいじめなくなった。

あいつと同じだと相一郎は感じる。ああいう馬鹿には力こそが一番なのだと思う。

騎士たちが近づいてきた。少し疲《つか》れた顔である。手当てが出るとはいえ遠路であり、騎士にとっては余計な負担である。正直、余計な仕事を回すなよという気分はあるはずだ。遠目ではいささか不機嫌《ふきげん》な様子もあったが、キュレレに気づくと騎士の顔はほころんだ。

「お姫様、わざわざおれたちをお出迎えですか？」

と声もにこやかになる。キュレレがワインを注いだカップを差し出すと、

「これはかたじけない！　姫様、いただきます！」

とやや大げさによろこんで一気に飲み干す。

キュレレはサラブリアの人たちにとって守り神であると同時にマスコットなのだ。そのキュレレが出迎えてくれたとあって、騎士たちはいっぺんに上機嫌になった。皆《みな》、子供を

前にした大人のように破顔してキュレレに陽気な声を掛《か》ける。

「よう、相一郎！　ご苦労だな！」

と相一郎にも声を掛けてくれる者もいる。

「ヒロトの無理ですみません」

と相一郎は頭を下げる。

「なあに、ヒロト殿の頼みだからな。それに、こんなにかわいいお出迎えがあるとなりゃ、地獄《じごく》の底でも行かざるをえまい」

とまで言ってくれる。

騎士の中には骸骨族《がいこつぞく》の者もいた。それもソルム城の骸骨族がいて、思わず相一郎は声を上げてしまった。相一郎がヒロトといっしょにこの世界に来て住み着いたのが、ソルム城なのだ。

「お久しぶり！」

「お久しぶり、相一郎殿《どの》！」

とお互《たが》い声も大きくなる。

「いらっしゃるとは思わなかった！」

「センテリオ様が、ヒロト殿からの依頼《いらい》ならばもう行けとのことで！」

と骸骨族の騎士の声も大きくなる。

その出迎えの最中に、サラブリア港から一行が到着したのだ。先頭を行くのは骸骨族のカラベラであった。他国の人間からすれば死神の行進だが、ヒロトからすればこの世界に来て最初にできた信頼できる家臣である。それだけ馬車の人間に対して重視しているということだ。それが異国の者に伝わっているかは微妙《びみょう》だが――。

馬車に乗っていたのは、ちびの女だった。キュレレよりはちょっと大きいくらいの背丈《せたけ》で、ツインテールである。顔もガキっぽい。肌《はだ》は浅黒く、髪《かみ》は漆黒《しっこく》。目は緑色である。ガセル人だ。

ただ――元気がない。目の奥《おく》で生気の光が澱《よど》んでいる。

(例の商人だな)

ヒロトがサリカ港に同行するように伝えているガセル商人に違いない。

(サリカ港への同行者は手紙に記してあるって書いてたけど、誰にしたんだろう?)

3

凍結《とうけつ》とは相一郎のためにある言葉だった。出迎えを切り上げて、キュレレとともにサラブリア州長官の執務室《しつむしつ》に戻った相一郎を待っていたのは、ガセルの女商人カリキュラの手紙だった。手紙には、相一郎に対してカリキュラに同行するように記してあったのだ。

「なんで⁉」

思わず間抜《まぬ》けなことを聞いてしまった。自分は外交が得意ではない。というか、外交以前に社交自体が苦手である。社交的なヒロトとは違うのだ。

「適任だからではないのか？」

とアスティリスが同語反復的に答える。

（適任なわけないだろ～っ！）

相一郎は突《つ》っ込みたくなった。

ヒロトが相一郎に対して要求しているのは、サリカ港までカリキュラに同行すること、王と大長老と副大司教の手紙をゴルギント伯に渡《わた》すこと、そして交易裁判所に抗議《こうぎ》してカリキュラの再申請に付き合うことであった。同行は誰にでもできるからいいとして、交易裁判所への抗議は、それこそヒロトがやれの案件である。

（無茶《むちゃ》ぶりすぎる！）

と憤《いきどお》ってから肝心《かんじん》なことに気づいた。

「キュレレは？」

「同行を許すとは記してはいない」

とアスティリスが答える。

キュレレが相一郎に顔を向けて目をパチパチさせた。

今回は相一郎といっしょに行けるのかな。行けないのかな。そういう顔である。それから父親のゼルディスにも顔を向ける。パパが行っていいと言うかな、という顔である。

(さすがに行けないだろ)

ヴァンパイア族はアグニカに対してよい感情を持っていない。もちろん、サラブリア州連合代表にしてキュレレの実父ゼルディスも、キュレレがアグニカに行くことを好ましく思っていない。ガセル王国に激辛《げきから》の蟹料理《かにりょうり》ムハラを食べに行くのなら悪い顔はしないのだが——。

おまけに今回は完璧《かんぺき》に公務である。しかも、ヒロトからの命令である。王と大長老と副大司教の手紙を携《たずさ》えて行くのだ。

「キュレレ、行きたい」

とキュレレは正直に口にした。

「今回はお兄ちゃん、お仕事だから。ちょっと今回は厳しい」

と相一郎は断った。

「キュレレ、行きたい」

とキュレレはくり返す。

「うん、いっしょに行けたらいいな。でも、お仕事だからなあ」

と相一郎はくり返した。キュレレがうつむく。いつもならこれで相一郎が折れるのに折れないから、無理なのかな……とあきらめているのかもしれない。

「キュレレ、邪魔？」

「お仕事だから。きっとパパもだめだって言うよ」

と相一郎はくり返した。

「キュレレ、仕事の邪魔をしてはならんぞ」

と同席しているゼルディスが釘《くぎ》を刺《さ》した。キュレレがうつむいた。パパの言葉は重い。

「お留守番してくれたら、帰ったその日に五つお話を読んであげるぞ」

と餌《えさ》をちらつかせる。キュレレは返事をしなかった。納得《なっとく》していないが――本当は行きたくて仕方がないが、パパにだめと言われたから黙《だま》っているのだろう。

「キュレレ、行きたい」

珍《めずら》しくもう一度キュレレはくり返した。

「ならんぞ」

とゼルディスもくり返す。強めの声だった。今度はキュレレは何も言わなかった。ゼルディスが強く否定したので、言っても聞いてもらえないと悟《さと》ったのだろう。

ヒロトの手紙には、セコンダリア城城主フェイエに女王アストリカを訪問して親書を手《て》渡《わた》すように、そしてダルムールにはグドルーン女伯を訪問して親書を渡すように記してあった。

「相一郎殿、準備を」

アスティリスに促《うなが》されて相一郎は部屋を出た。部屋を出て、ふと思った。

(今日、キュレレにいっぱい本を読んでやれればいいけど、きっと準備で無理だろうな……)

4

出発は明後日だというので、カリキュラはその間にテルミナス河を南岸へと渡った。南岸はピュリス王国である。

上空を巨大《きょだい》な黒い影《かげ》が二つ、通過していった。

ヴァンパイア族だ。遊びか何かから帰って来たらしい。ヒュブリデ初訪問のカリキュラは思わず見上げてしまう。

先日ヒュブリデへの船に乗った時にも、ヴァンパイア族の姿に度肝《どぎも》を抜《ぬ》かれた。空を飛ぶと言われて鷲《わし》より少し大きい姿をイメージしていたのだが、予想以上にでかかった。空を飛ぶ姿も見たが、まるで空飛ぶ虎《とら》を見ているような感じだった。

だが、もう驚《おどろ》きはない。醒《さ》めた感情しかない。

ヒロトは適任者を選んだと話していたが、紹介《しょうかい》されたのは剣《けん》も持てそうにない見るからにひ弱な眼鏡男で、任命に対して「なんで？」と間抜けな質問をするような、いかにも頼りなさそうなやつだった。正直、肩《かた》すかしを喰らった。もっとまともそうな人間を選んでくれると思っていたのだ。

《できる限りのことはするつもりだ》

《今一番の人間を派遣する》

そうヒロトは言ってくれたが、言葉だけだった。雄弁《ゆうべん》で人々を魅了《みりょう》し、世界を打ち破ってきた男がしたのは、ただの口先だけの行為《こうい》だった。

できる限りがこれだけ？

今一番の人間がこんなやつ？

ヒュブリデは、自分を失望させる国らしい。ヒュブリデは当てにできない。サリカ港に着いても、あの眼鏡男はゴルギント伯にはいいようにあしらわれ、交易裁判所にもろくにものが言えずに終わるだろう。

カリキュラは馬を借りてテルシェベル城へ向かった。ピュリスが誇《ほこ》る智将《ちしよう》にしてユグルタ州長官、メティス将軍の居城である。

（最初からこうしていればよかった）

そう思ったのは、到着するまでのことだった。テルシェベル城で待っていたのは、メティス将軍は王都バビロスに行っていて一週間前から不在だという返事だった。ピュリスに直行しても、メティスには会えなかったのである。

「姉のシビュラが一度お世話になってるんです。一度お会いして、困った時には力になるとお話をいただいてるんです。でも、その姉がゴルギント伯の私掠船に殺されちゃったんです」

とカリキュラは話した。

「許されざる暴挙だ。メティス将軍にはしかと伝えておこう」

そう副官は話してくれたが、肝心のメティス将軍本人に会うことはできなかった。会えれば、きっと対処してくれたのに……と思うと、帰り道の騎乗《きじよう》で悲しくなった。

（お姉ちゃんの敵討《かたきう》ち、できないのかな……）

とカリキュラは思った。

ゴルギント伯の私掠船の連中に腹部を刺されて、テルミナス河の藻屑《もくず》となっていったお姉ちゃん。

死体の顔は今でも覚えている。無念そうに、何かを見つめるように、目を見開いていた。

いったい最期《さいご》に何を見ていたのだろう。

（お姉ちゃん……）

第十二章　潜入《せんにゅう》

1

予定通り、フェルキナの私掠船は相一郎《そういちろう》とカリキュラ、そして五十人のヒュブリデ人騎士たちを乗せて出発した。

船は帆を張って、順調にテルミナス河を遡行《そこう》していく。船には、向かい合う双《ふた》つの翼を描《えが》いた紋章旗《もんしょうき》が掲《かか》げられた。ヒュブリデ王国国務卿兼辺境伯《こくむきょうけんへんきょうはく》ヒロトの紋章である。この船には国務卿の関係者が乗っているぞという威嚇《いかく》と宣言である。アグニカの河川賊《かせんぞく》に対するアピールだろう。

空は曇《くも》っている。カリキュラの未来を示すように曇っている。船底も陰気臭《いんきくさ》い。倉庫の奥も陰気臭い。だが、その陰気臭い中で、大きな垂れ目がパチパチと瞬《まばた》きしていた――。

2

サラブリア州ドミナス城――。

異変に気づいたのは昼過ぎである。ヴァンパイア族の男性が昼飯を摂《と》ろうとして肝心の一人がいないことに気づいたのだ。

まさか。

どこへ行った？

城内を探しまくったが、姿は見当たらない。手分けしてドミナス城近辺を飛び回ったが、やはり姿はない。サラブリア港まで出掛《でか》けてみたが、やはり見当たらない。

死んだ？

誘拐《ゆうかい》された？

まさか。誘拐されるわけがない。きっとどこかへ行ったのだ。

ヴァンパイア族の男たちは、ドミナス城に戻《もど》ってゼルディスに報告した。ゼルディスは腕組《うでぐ》みをして思い切り唸《うな》っていた。

「おれたちがいながらすみません……どうしやしょう……？」

部下の問いに、

「行く先は見当がついておる。それ以外ない。アグニカに向かった船を追いかけよ！」

とゼルディスは号令を発した。

「連れ戻しますか？　たぶんいやがると思うんですが――」

部下の指摘《してき》にゼルディスは唸った。部下の指摘通りである。

「昔は全然天幕から出なくて難儀《なんぎ》したものだが、今度は出すぎて難儀するとはな……」

と沈黙《ちんもく》する。部下は申し訳なさそうな顔をして黙っている。

ゼルディスが口を開いた。

「戻らぬと言ったら、おまえたちはそのまま護衛として残れ」

3

大きな垂れ目の持ち主は、サリカ港へ向かう船の倉庫で、目をパチパチさせていた。ずっと隠《かく》れているので、窮屈《きゅうくつ》である。いい加減外に出たい。

ふいに、キーキーと声が聞こえた。鼻が鋭《するど》く尖《とが》った灰色の小動物が近づいてくる。

鼠《ねずみ》である。

垂れ目の持ち主は、本を傍《かたわ》らに棒切れを握《にぎ》り締《し》めた。

キーキー言いながら、鼠は近づいてくる。一匹、二匹《ひき》――三匹いる。

鼠がはたと立ち止まった。

「あっち行け」

大きな垂れ目は棒切れを振り回した。途端《とたん》に、鼠は攻撃《こうげき》を開始した。鼠などの齧歯類《げっしるい》は動きが素早《すばや》い。蛇《へび》の攻撃すら足蹴《あしげ》りで躱《かわ》すほど、運動神経がいい。

だが、大きな垂れ目の持ち主も負けてはいなかった。丈夫《じょうぶ》な棒切れで鼠の鼻を鋭く引っぱたいたのである。

蛇より上手《うわて》の運動神経であった。

三匹はワンセットになって襲《おそ》いかかってきた。一匹が正面から、一匹が右から、一匹が左から襲いかかる。

さすがの垂れ目も噛《か》みつかれる？　一人で三人は相手できない？

垂れ目の持ち主の目は、普通《ふつう》の人間の目ではなかった。否、そもそも人間の目ではなかった。一瞬《いっしゅん》で、どの鼠が一番距離《きょり》が近く、一番遠いかを見切ったのである。大きな垂れ目の持ち主は、右から来た鼠が一番距離が近いことを見抜《みぬ》いて右の鼠の鼻を棒切れで引っぱたいた。それから真ん中の鼠を引っぱたき、最後に眼前で左の鼠を引っぱたく。高速のスリーヒットコンボが三匹の鼠に決まった。

黄色い悲鳴が飛んだ。

動物は相手の方が強いとわかると逃走《とうそう》する。三匹の鼠は逃《に》げた。だが、逃げると追いかけるのは男だけではない。

大きな垂れ目の持ち主は鼠を追いかけた。鼠は倉庫の階段を上がって甲板に逃げる。大きな垂れ目の持ち主も甲板に走り出た。

4

相一郎は甲板でテルミナス河の川面を眺めていた。明日にはサリカ港に到着することになる。それまでは暇《ひま》である。キュレレもいないので、朗読することもない。

船にはソルシエールの父、ネカ城の城主ダルムールも乗り合わせていた。ダルムールはサリカから船を乗り継《つ》いでグドルーン女伯に手紙を届けに行くことになっている。

相一郎から数メートル離《はな》れたところに、ガセル人の女商人カリキュラがいた。ヒロトならば自分から話しかけてコミュニケーションを取るのだろうが、相一郎は社交的ではないし、社交上手でもない。

だいたい、初めて会った人間に何を話しかければいいのだ?

——お姉さんはどんな人だったんですか?

姉を亡《な》くしたばかりの人に、そんなことが聞けるか。

――今日はいい天気ですね。

馬鹿野郎《ばかやろう》、曇りだ。

だいたい、天気を聞いてその後はどうするんだ？　どう話を広げるんだ？　どう展開するんだ？

さっぱりわからない。コミュニケーション下手にとって、他人に話しかけるのは、吸水性が鬼《おに》のようにいい砂地に水を掛ける行為に近い。水を掛けた瞬間、言葉は砂に吸《す》い込まれて消えてしまう。あとがつづかない。

相一郎は、羊皮紙に書かれたヒロトの手紙を読み直した。相変わらず変なことを考えているなあと思う。でも、一番変なのは、自分を選んだことだ。ダルムールをグドルーン女伯の許へ、さらにセコンダリア城城主フェイエをアストリカ女王の許へ送るのはわかる。なぜ、自分がサリカ港なんだ？　なぜ自分がゴルギント伯で、なぜ裁判所に文句を言う係なんだ？

わからない。

（おまえ、頭打ったろ）

ヒロトに対して思った時、

「うわっ、鼠！」

と男性の船員の叫《さけ》び声が聞こえた。

(鼠？)

船に鼠がいるのは不思議ではない。船と鼠はワンセットである。振《ふ》り返った相一郎の目に、鼠の後を猛然《もうぜん》と追いかける大きな垂れ目のおチビちゃんの姿が飛び込《こ》んできた。水色のパフスリーブのドレスを着て、片手で本を抱《かか》え、背中に黒々とした翼を畳《たた》んでいる――。

「うわっ！　なんでキュレレがいるんだ！」

相一郎は思わず叫び声を上げた。キュレレはサラブリアでおとなしくお留守番しているはずである。そのキュレレが――相一郎が乗っている船の甲板にいたのだ。

ありえない光景だった。だが、ありえない世界で、キュレレは獲物《えもの》を追いかける肉食動物となって鼠を追いかけていた。

いきなり棒切れを投げた。

ビシッと音がして鼠が吹《ふ》っ飛ぶ。見事な一撃《いちげき》である。キュレレは素早く駆《か》け込んで派手に鼠を蹴《け》り上げた。灰色の小動物が小さな弧《こ》を描いて舷側《げんそく》を飛び越《こ》え、視界から消えた。

その後、水飛沫《みずしぶき》の音が聞こえた。

さすがヴァンパイア族であった。一機撃墜《げきつい》ならぬ、一匹撃退《ぴきげきたい》である。ヴァンパイア族は人間より遥《はる》かに運動神経がいいのだ。そもそも普通の運動神経で、高速で空を飛べるはずがない。

キュレレは一匹を葬《ほうむ》り去っても止まらなかった。棒切れを拾い上げて、残り二匹の鼠を追いかける。柱の陰《かげ》に隠れた二匹に駆け寄り、二匹の鼠が左右に割れて逃げようとしたところへ棒切れを投げた。棒切れが二匹の鼠を一網打尽《いちもうだじん》的に打つ。鼠がびくっとすくんだところで、キュレレは右足、左足と連続で蹴り上げた。

再び二匹の鼠が宙を舞《ま》った。舷側を飛び越えて、再び水音が起きる。人間には到底《とうてい》できない真似である。第一、棒切れを鼠に当てることなんて無理だし、鼠を蹴り飛ばすなんてこともできない。どんなにちっこくてもヴァンパイア族はヴァンパイア族であった。一万のピュリス兵をほぼ全滅《ぜんめつ》させたのも、伊達《だて》ではない。

甲板《かんぱん》で一斉《いっせい》に船員から拍手《はくしゅ》が巻き起こった。鼠は乗員の敵である。

(拍手をしてる場合じゃない！)

「キュレレ！」

相一郎は大きな垂れ目の娘の名前を呼んだ。

「ソーイチロー！」

キュレレは片手で本を抱えたまま飛びついてきた。

「わぁっ！」

声を上げてひっくり返りそうになる。

「なんでここにいるんだ！」

「ソーイチローといっしょ！　いっしょにいたい！」

とキュレレが叫ぶ。子供なりの愛の叫びであった。だが、やっていることは密航である。

「これはキュレレ殿《どの》……」

とダルムールが駆けつけた。他の騎士《きし》たちも近づいてきた。相一郎は引きつった苦笑を浮《う》かべた。

いったいなぜキュレレがいるのか。正直さっぱりわからない。どこかに隠れていた？

たぶん。

思い切り密航だ。

自分といっしょにいたいがために密航までしたキュレレに、うれしさを感じる？

混乱の方が大きかった。ゼルディスは反対していたのだ。実の父親が反対していたのに、サリカまで連れていけるわけがない。

だが――キュレレが帰るのか？

連れていけない。帰れ。

そう言ってキュレレがおとなしく言うことを聴《き》くのか？　密航までしたキュレレが？　絶対に聴かない。それに、思い切り泣く。

(でも、連れていくのは……)

さすがに今回はまずい。自分は仕事なのだ。仕事でサリカに行くのだ。ゼルディスの許可も得ていない。キュレレをサリカに連れてはいけない。

「いったいどういう――」

とダルムールが尋《たず》ねる。

「いや、それが自分にも――」

いきなりばさっと翼の音が聞こえた。相一郎ははっと顔を上げた。少し離れたところに、黒い翼のヴァンパイア族の男性が二人舞い降《お》りていた。ゼルディス氏族の者たちである。普段《ふだん》はキュレレの護衛を務めている。

「やっぱりいなすった」

キュレレが警戒《けいかい》して相一郎のズボンをつかむ。

「キュレレ、絶対帰らない！　ソーイチローといっしょ～～～～っ！」

と絶叫《ぜっきょう》した。

相一郎はさらに引きつった。ゼルディス氏族の者にもバレてしまった。自分がこっそり連れてきたとか思われたらどうしよう？　自分が悪玉だと思われたらどうしよう？

　相一郎は焦《あせ》った。焦って、頓珍漢《とんちんかん》な言い訳を始めた。

「いや、これはその理由があって、いや、理由はなくて、その、なんというか、自然の摂《せつ》理《り》というか、いや、摂理ではなくて、時の流れというか、いや、流れではなくて、必然というか、じゃない、逆、逆、偶然《ぐうぜん》というか、予想外というか、青天《せいてん》の霹靂《へきれき》というか――」

「昼飯になっても姫様《ひめさま》が出てこないんで、みんなで探しまわって、それでも出てこねえんで、お館様に相談して、きっとこっそり相一郎についていってんだろうって」

　ヴァンパイア族の指摘に相一郎は黙った。

見事な洞察《どうさつ》である。さすが父親であった。どうやら、相一郎は誘拐犯《ゆうかいはん》だとは誤解されていないらしい。

「キュレレ、帰らない！」

　とキュレレが再度、自己主張する。

「キュレレ、でも、パパがだめって――」

　説得しようとした相一郎は、大粒《おおつぶ》の涙《なみだ》に出会った。もう目にでっかい涙がたまっている。

双眸《そうぼう》に悲しいシロップが浮かんでいる。

「キュレレ、ソーイチローといっしょがいい！　ソーイチローがいないのはいやっ！」

涙声で訴える。号泣《ごうきゅう》三秒前である。

感情を動かされる表情だった。

それでもキュレレに対して戻れと命じる？　サリカには連れていけない。お兄ちゃんは仕事があるから。わがままを言うなら、もう二度と本を読まないよ。

そう言う？

二度と本を読まない。

そう言えば、キュレレは渋々《しぶしぶ》従うかもしれない。そう言うしかないか？　禁断の、伝家の宝刀を抜くしかないか？

抜く？

──抜けなかった。

言えばキュレレは号泣する。ハイドラン侯爵《こうしゃく》が相一郎を屈辱的《くつじょくてき》な目に遭《あ》わせた時、相一郎は朗読を拒絶《きょぜつ》した。あの時のキュレレのショックの表情は今も残っている。もうあんな顔をさせたくないと思ったのだ。

今言えば、あれ以上の悲しい顔を自分は見ることになる。キュレレは泣きまくるだろう。その号泣に、自分はきっと耐《た》えられない。キュレレの涙顔を見たくないし、泣き声を聞きたくない。それに──キュレレはここに来て相一郎が一番時間を過ごしている相手なのだ。

親友のヒロトよりも長い時間いっしょにいる。時間の分だけ絆《きずな》の深さがある。

相一郎はヴァンパイア族二人に顔を向けた。

「ごめん……ゼルディスに謝《あやま》って。おれ、キュレレを連れてく」

キュレレは大粒の涙を浮かべたまま、相一郎を見た。

驚いている？

いや。

表情は変わらない。ＯＫが出ない限りは信じられないのだろう。

二人のヴァンパイア族には断られる？

冗談《じょうだん》じゃないと言われる？

ゼルディスは——。

「おれたちが残るのが条件だ。姫様を一人きりにさせるわけにはいかねえからな」

男の答えにキュレレが飛び上がった。涙を浮かべたまま跳《は》ねて相一郎に抱《だ》きつく。それから二人のヴァンパイア族にも抱きついた。

「姫様、ほんと心配しやしたぜ。港に行ったってどこにもいやしねえんですから。次からはもうやめてくださいよ」

キュレレはこくりとうなずいた。それからまた相一郎のところに戻って、胴体《どうたい》に抱きついた。顔を服に押《お》しつける。

よかったと相一郎は思った。

ヒロトからは甘《あま》すぎると言われるのかもしれないけど、よかった。自分はきっとこうしたかったのだ。

「お兄ちゃん、サリカにいる間は本を読んでやれないぞ。仕事があるからな。おとなしくできるか？」

キュレレは顔を上げてうなずいた。とても素直《すなお》な、きれいな目だった。密航した者とは思えない。

笑顔《えがお》を見ながら、おれは行政官として失格なのかもしれないな、と相一郎は思った。だからヒロトは王都にいて、自分はサラブリアにいるのかもしれない。

（とにかく今日は本を読んで……明日はサリカだ。きっとてこずるんだろうな……）

第十三章　キレる男

1

カリキュラは、連れの者といっしょに甲板からテルミナス河を眺《なが》めているところだった。この河のどこでお姉ちゃんが殺されたのかはわからない。思《おも》い浮かぶのは最後に会った姿だ。自分はまだベッドに潜《もぐ》っていて、

《いってくるよ》

そう姉が言って、カリキュラが適当に返事をしたのが最後になってしまった。今でも、なぜあの時しっかり返事しなかったのだろう、起きて見送ってあげなかったんだろうと思う。ずっとあの時のことを後悔《こうかい》している。

別《わか》れ際《ぎわ》の姉の姿の次に記憶《きおく》に強く残っているのは、お姉ちゃんの死体だ。まだ死体は醜《みにく》く膨《ふく》れていなかった。テルミナス河の砂にまみれて、服も汚《よご》れていた。それでもお姉ちゃんは何かを見ようとするように目を開いていた。自分はお姉ちゃんの遺体にすがりついて、

げてくる。

半時間以上泣いていたと思う。今でもあの時のお姉ちゃんの姿を思い出すと、涙が込み上げてくる。

（お姉ちゃん……）

目を潤《うる》ませると、少し離れたところで、

「絶倫《ぜつりん》絶倫ソ～イチロ～♪」

と場違《ばちが》いな、変な歌声が聞こえてきた。ちっこいヴァンパイア族の娘《むすめ》がマーチを行進するかのように、元気な、能天気な足どりで出てきたところだった。身長は自分より少し低い。娘のそばには、男のヴァンパイア族が二人いる。

ヒュブリデがヴァンパイア族がいる国だというのは知識として知っている。あの国にはヴァンパイア族がいる。特にサラブリアでは、上空をヴァンパイア族が舞っている。港にもヴァンパイア族がいる。ソルムという町に行くと、広場にヴァンパイア族が屯《たむろ》している――。

だが、百聞《ひゃくぶん》は一見《いっけん》に如《し》かず。話で聞くのと自分の目で見るのとは違う。数日のサラブリア滞在《たいざい》でヴァンパイア族には慣れたつもりでいたのだが、全然慣れてはいなかった。同じ船で姿を見ると、やはり威《い》圧感《あっかん》を覚える。身体のどこかが引いている。

ガセルにヴァンパイア族はいない。ヴァンパイア族自体がめったに訪《おとず》れない。ヒュブリデにはヴァンパイア族が住んでいると言われても、それ、嘘《うそ》だろと子供の頃《ころ》は思っていたくらいなのだ。異形にはなかなか慣れない。

「今日はサリカでやすね」

とヴァンパイア族の男がおチビちゃんに話しかけた。

「ソーイチロー、仕事？」

と尋ねる。ソーイチローとは、あのひ弱そうな眼鏡の男に違いない。

「だから、姫様は船でお留守番ですよ」

おチビちゃんは答えない。

（あの眼鏡、役に立つのかな……）

疑問への答えは固まっていた。

――役に立たない。

2

相田《そうだ》相一郎《そういちろう》は、馬を駆って巨大な大理石の門柱の屋敷《やしき》に辿《たど》り着いたところだった。門柱の高さは四メートル。私邸《してい》にしてはおかしな大きさである。しかも、高さ三メートルの大理石の塀《へい》が付近を覆《おお》っている。それだけでも、どれだけの資金を蓄《たくわ》えているのかがわかる。

キュレレは相一郎の後ろに跨《また》がって、ぴったり身体を押しつけていた。

船でお留守番ですよ。

そう護衛には言われたのだが、キュレレが行きたいと言い出して、残していくのが忍《しの》びなくて、いい子にしていることを条件に後ろに乗せてきてしまったのだ。つくづく、自分は甘いなと思う。

すぐ隣《となり》にはカリキュラが馬に跨がっていた。あまり話はしていない。本当はしなきゃいけないと思うのだが、相変わらず何を話したらいいのかがわからない。

門前の守衛は、なかなかに冷たかった。相一郎がヒュブリデの使節として現れたと名乗り出ても、

「閣下は不在だ」

と冷たく撥《は》ね除《の》けた。相一郎が使節だと知っても、丁重《ていちょう》に応じようという気配は微塵《みじん》もない。むしろ門前払《もんぜんばら》いを喰《く》らわせようという意図を感じる。

「いつになったら会えるんだ？」

「言葉づかいに気をつけろ。会えるではない。お会いできるだ」

と正す。相一郎はむっとした。

「守衛に言葉づかいを正される覚えはない！」

と相一郎は言い返した。

「何だ、おまえは？　ナナフシみたいな細い身体をしやがって。ポッキンしてやろうか？

生意気言うと、手紙を受け取らぬぞ」

と守衛が高圧的に迫《せま》った。

（誰《だれ》がナナフシだ……！）

昆虫《こんちゅう》に喩《たと》えられて、相一郎はキレた。

「王の手紙を受け取らなければ、その報《むく》いを受けるのはおまえだぞ！」

「ならば、手紙は受け取れ――」

受け取れぬ。

守衛がそう言おうとした時、キュレレが相一郎の背中からひょっこりと顔を見せた。

なんだ、チビか。何をチビを乗せて――。

そう思った守衛の顔が、凍《こお》りついた。キュレレが背中の翼《つばさ》を広げていたのだ。威嚇だったのか、ただの気まぐれだったのかはわからない。バサッと派手な音とともにキュレレが背中の翼を伸《の》ばしたのである。

両翼《りょうよく》は四メートル近く。しかも、色は漆黒《しっこく》――。

守衛の目が翼を向いたまま、頬《ほお》がこわばっていた。すぐ目の前で四メートルの翼を広げられて、固まらない者はいない。

軽く、バサッ、バサッとくり返した。埃《ほこり》がさっと舞う。

威嚇？

襲いかかる前触《まえぶ》れ？

相一郎には違うとわかっているが、守衛にはわからない。守衛の顔がさらにひきつっていく。

「て……手紙は……受け取る」

と前言を撤回《てっかい》して守衛は手紙を受け取った。

「ゴルギント伯《はく》にはお伝えいただきたい。我《わ》が王《おう》はこのたびのことを非常に憂慮《ゆうりょ》されている。裁判協定が公正に運営されることを強く望まれている。恣意的《しいてき》に運営されることは望んではいらっしゃらぬ。もし恣意的な運営がつづけば、いかなる選択肢《せんたくし》も排除《はいじょ》しない。武力行使はないなどと思わないことだ」

と相一郎は言い放った。ヒロトからそう言ってくれという伝言である。

「我《わ》が国《くに》は常に公正に運営している」

「どこがじゃ！　わたしにもお姉ちゃんにも不正したろうが！」

とカリキュラが怒《いか》りで突《つ》っ込んだ。

「何だと、小娘《こむすめ》！」

守衛が剣に手を掛《か》ける。そのタイミングでまたキュレレが翼を広げた。今度はばさっ、ばさっと軽く羽ばたいて相一郎の背中から数十センチ浮き上がってみせた。

守衛がまたしても凍りついた。剣に手を掛けたまま、止まる。目はキュレレを見ている。キュレレが襲いかかるのではないかと不安に駆られているのだ。

だが、たぶんキュレレはずっと待っているのがじれて、少し運動したくなっただけである。たまたまそのタイミングが守衛の台詞《せりふ》にマッチしただけだ。

キュレレは再び馬の背中に着地した。翼をきれいに畳む。

「行こう」

と相一郎はカリキュラに声を掛けて馬を反転させた。カリキュラは無言で馬を反転させた。

帰り道の雰囲気《ふんいき》は暗かった。

「あいつら、裁判所でもそうだったんだよ。威張《いば》ってて、すぐに剣を抜くんだよ。わたしが抗議《こうぎ》した時だって、牢《ろう》にぶち込むぞとか特許状を取り消すぞとか吐《ぬ》かして」

自分の中で抑《おさ》えきれなかったのか、カリキュラの方から話しかけてきた。それで、相一郎の方も、話しかける壁《かべ》が消えてわだかまりがなくなった。

「本当はヒロトも来たかったんだと思うよ」

と相一郎はカリキュラに話しかけた。

「嘘」

とカリキュラが否定する。

「嘘じゃない。あいつはそういうやつじゃない。子供の時からずっとそうだ。あいつは、自分のことを嫌《きら》ってる女の子が溺《おぼ》れた時にも助けたんだ」

カリキュラの口が一瞬半開きになる。だが、視線が落ちて、

「じゃあ、なんで来てくれないの」

「きっと明礬石《みょうばんせき》のことが引っ掛かって、王からOKが出なかったんだと思う」

返事はなかった。

少しはわかってくれた？

違っていた。

「裁判所も、きっと同じだよ。追っ払《ぱら》われておしまい。何も変わらないんだ」

3

いったい何度目になるのだろう。相変わらず自分は甘いなと相一郎は自分に対して苦笑《くしょう》したくなった。

《じゃあ、お兄ちゃん仕事してくるからな。ここで待ってるんだぞ》

交易裁判所の前でキュレレにそう言ったのだが、

《キュレレも行きたい。キュレレ、おとなしくしてる》

《お兄ちゃん、仕事だから――》

《キュレレ、顧問官《こもんかん》》

いきなりの猛烈《もうれつ》なアピールだった。そして、いきなりの鋭い指摘であった。

キュレレの言う通りであった。キュレレは、一応サラブリア辺境伯《へんきょうはく》の顧問官である。キュレレがずっとドミナス城に滞在できるようにするために、形式上、辺境伯の顧問官にしたのだ。同席する資格はあるのである。思わぬ理屈《りくつ》に言い負かされたわけではないのだが、結局許してしまったのだ。

二カ月前にヒロトは公私混同をやらかしている。アグニカへの訪問には、当初、ヴァルキュリアは同行しないことになっていた。

ヒロトは仕事。

ヴァルキュリアは彼女《かのじょ》。仕事とは無関係。

プライベートの関係の女性を仕事に随行《ずいこう》させることなど、できないのである。だが、ヒロトは突然《とつぜん》「おれ、公私混同をやる！」と宣言してヴァルキュリアを連れていくと言い出したのである。あの時、相一郎は見事にひっくり返ったのだが、今度は自分が公私混同をやっている感じがする。

（ヒロトのことを批判できないな……）

交易裁判所の前には、ごついアグニカ兵が剣《けん》を提《さ》げて立っていた。がたいのいい男を目の前にすると、少し臆《おく》して心の奥《おく》が「うっ」となる。怖《こわ》い不良を前にした時のような感覚に襲われる。

相一郎が、ヒュブリデ王の命で先日のカリキュラの裁判のことで質《ただ》しに来た、自分は国務卿ヒロトの顧問官であると声高《こわだか》に言うと、兵士は慌《あわ》てて中へすっ飛んでいった。相一郎の隣にはキュレレがいる。後ろには護衛のヴァンパイア族がいる。さらにヒュブリデ人騎士が五十人いる。門前払いできる状況《じょうきょう》ではなかった。

しばらくして兵士が戻ってきた。

「使節の方とカリキュラの二人だけで」

と兵士は促《うなが》そうとしたが、

「キュレレ、行きたい。相一郎と中に入る」

とキュレレが宣言した。

「規則ですので。子供は入れぬ規則になっておりますので」

と突っぱねると、

「何が子供だ！　てめえ、姫様を舐《な》めてんのか！　姫様もヒロト殿の顧問官だぞ！」

と護衛のヴァンパイア族が吠《ほ》えた。子供扱《あつか》いされて怒《おこ》ったのだ。

「しかし、規則――」

「規則もへったくれもねえ！　姫様は相一郎といっしょに行きたいって言ってんだ！　断ると飛空便を停止するぞ！」

と無茶《むちゃ》な論理をぶつける。裁判所への入室を断られたことで、自分たちが蔑《ないがし》ろにされていると感じて激怒《げきど》しているのだ。

「そのようなこと――」

「うちの姫様はピュリス一万をぶっ倒《たお》した方だぞ！　てめえもぶっ倒されてえのか！」

とヴァンパイア族が激昂《げきこう》した。兵士が明らかにぎょっとした目をした。

目の前のこのチビが？

まさか？

「てめえ、疑ってんのか！　疑うんなら、姫様にお願いしてこの裁判所をぶっ壊《こわ》させるぞ！」

と強烈《きょうれつ》な圧力で迫る。もはやほとんど恫喝《どうかつ》である。だが、効いてしまった。

「で、ではお二人だけ――」

「馬鹿野郎！　護衛のおれたちもいっしょに決まってんだろうが！　てめえ、殺すぞ！」

と威圧されて、兵士はキュレレも護衛も通した。

（は、はは……強え……）

相一郎は苦笑してしまった。

部屋は十畳《じょう》ほどの空間だった。中にはアグニカ人騎士が二人いて、部屋の奥に渋《しぶ》い濃茶《こいちゃ》色《いろ》のカウンターが設置されている。カウンターの向こうに真面目そうな痩身《そうしん》のアグニカ人の裁判官が座《すわ》っている。裁判官は明らかにキュレレと護衛の姿にぎょっとした様子だった。

「わたしは二人だけと――」

相一郎を通した兵士がカウンターに歩み寄って耳打ちした。さらに裁判官がぎょっとした表情を見せる。

「本当か？」

そう聞いたようである。キュレレは、物珍《ものめずら》しそうに裁判所内を見回している。

「相一郎、本？」

とキュレレが聞く。本はだめだよね？　という質問である。

「お兄ちゃん、仕事だから。全部仕事が終わってからな。我慢《がまん》できるか？」

キュレレがうなずく。

「キュレレ、いい子にしてる」

と素直に返事をする。

兵士が裁判所を出ていった。裁判官がコホンと咳払《せきばら》いをする。

「カリキュラ殿の裁判について、質しに来た。カリキュラ殿は再申請を希望している。受理されたい」

と相一郎は切り出した。

「すでに裁判は結審《けっしん》している。無関係な者がずかずか乗り込んで生意気なことを言うものではない。ここは異国のナナフシが来るところではない。お帰りいただきたい」

初っぱなから裁判官は牽制《けんせい》してきた。

（ナナフシだと……!?　またナナフシ……!?）

再び虫に喩えられて、相一郎はキレた。確かに自分の中で、ブチッという音を聞いた。

相一郎は王の使節として、つまり王の代理として来たのだ。なのに、王の代理に対してゴルギント伯の門前でもナナフシと言われて、一度キレている。

「異国のナナフシ」⁉

(誰が異国のナナフシだ！　おれは虫ではないぞ‼)

二度つづけて虫扱いされて、相一郎はぶちギレて叫んだ。

「おれはヒュブリデ王の代理人だ！　そのおれをナナフシとは何だ‼　おれは人間だ！　王の代理人だ！　王の命令で来たのだ！　代理人の話も聞かずにあしらうのか！　王の代理人を虫扱いするのか！　代理人の話も聞かずにあしらうのか！　それがどのような結果を招くのか、おまえは考えたのか！　おまえが責任を取れるのか！」

一気にぶちまけた。ぶちまけた瞬間《しゅんかん》、テンションが一気に跳ね上がった。頭の中で心のスイッチが切り替《か》わった。相一郎の中が攻撃的《こうげきてき》な相一郎モードに変わったのだ。怒りのスーパーサイヤ人になったのである。

裁判官が沈黙《ちんもく》した。脇《わき》にいたカリキュラが目をパチパチさせて相一郎を見たが、相一郎は気づかなかった。

(よくもよくも……‼)

頭の中が怒りのマグマとなって沸騰《ふっとう》している。

「我が王からの手紙だ！」

と相一郎は裁判官に歩み寄った。攻撃《こうげき》をするつもりか？　とアグニカ人騎士が行く手を遮《さえぎ》ろうとする。

「おれは王の命を受けて来たんだぞ！　王の手紙を持ってきた者を邪魔立《じゃまだ》てするのか！　王の代理人を妨害《ぼうがい》するのか!!　王の権威《けんい》を冒涜《ぼうとく》するのか!!　おれはディフェレンテだぞ！　ヒロトの大親友だぞ!!　おれを侮辱《ぶじょく》してヒロトが黙《だま》っていると思ってるのか!!」

さらに相一郎はキレた。アグニカ人騎士が立ち止まる。キュレレが立ったまま、ばさっと四メートルの黒い翼を伸ばした。今度は気まぐれではなかった。アグニカ人の騎士が相一郎に攻撃を加えようとしていると考えて、キュレレが威嚇《いかく》したのだ。

（くそくそくそ!!　くそどもめ!!）

騎士が固まる中、相一郎はカウンター越《ご》しに王と大長老と副大司教からの手紙を手渡《てわた》した。

「読め！」

と命令する。相一郎の圧力に押されて、裁判官が手紙を開く。

少しの間、沈黙が訪れた。

「我々は公正を外れて裁いた覚えはない」

ゴルギント伯の守衛と同じようなことを、裁判官は口にした。

（何だと‼）

相一郎はさらにキレた。

「ふざけんな！　おまえ、裁判協定は読んでるのか！　ヒロトはこう書いてんだぞ！『アグニカとガセルの平和と発展のために、以下の通り交易に関する裁判協定を設けることとする』。なぜ平和と先に書いてるのか、わかるか！　平和が一番の狙《ねら》いだからだ！　裁判協定の狙いは、交易をめぐってアグニカとガセルが衝突《しょうとつ》し、両国が戦争状態に突入《とつにゅう》することがないようにすることだぞ！　協定に記されている『前回』や『一年前』を協定発効以降の日にしたら、何が起きる⁉　アグニカ商人がこの一年こそ儲《もう》け時《どき》だとばかりにめちゃめちゃに値段を吊《つ》り上げるだろ！　そうなったら、ガセル商人が怒って戦争が起きるだろうが！　戦争抑止《よくし》が目的なのに、ヒロトがそんな馬鹿なことをするか！　おまえがやったことは戦争抑止じゃなくて戦争誘発《ゆうはつ》だぞ！　トルカもシドナも公正な裁判を行っているのに、なぜサリカだけ馬鹿なことをするんだ！」

細身の裁判官はビクッとすくみあがって目をパチパチさせた。脇でカリキュラが口を半開きにしたが、相一郎は気づいていない。

ぶちギレたまま、相一郎はつづけた。

「我が王はこのたびのことを非常に深く憂慮している！　あってはならぬことだと言っている！　特にヒロトは激怒している！　いかなる選択肢も除外すべきではないと助言している！　おれも同じ考えだ！　いかなる選択肢も除外すべきではない！　戦争が起きて迷《めい》惑《わく》を被《こうむ》るのは、おまえの国だってそうだし、おれの国だってそうなんだぞ！」

と相一郎は凄《すご》んだ。裁判官は目をまるくして沈黙の貝になっている。完全に威圧されていた。

相一郎はつづけた。

「なぜ不正な裁判をした⁉　なぜ受理しなかった⁉　受理すべき案件だろ！」

「いえ、その時はその……不備が……」

「不備なんかなかったじゃん！」

とカリキュラがキレる。裁判官が沈黙する。

「不備がないか、今すぐこの場で確かめろ！　もし拒《こば》むようなことがあれば、我が王への侮辱と取るぞ！　我が王は協定の狙いが正しく受け取られなかったことに大いに憤《ふん》慨《がい》しているぞ！」

と相一郎は盛った。

レオニダス一世は憤慨はしていない。アグニカは糞《くそ》だと言っただけである。大いに憤慨したのはヒロトの方である。だが、相一郎はキレてハイテンションだった。それで盛ってしまったのだ。

カリキュラが再び申請書《しんせいしょ》を提出した。細身の裁判官は相一郎を見た。

「なんだよ！　受け取れないっていうのか！」

相一郎の恫喝に、細身の裁判官は書類を受け取った。申請書に目を通す。

「発効協定より一年以上のものか⁉」

と相一郎は畳《たた》みかけた。

「いえ……」

と裁判官が小さな声を絞《しぼ》り出す。

「不受理にする理由があるか！」

裁判官は答えない。

「まさか、不受理って言うんじゃないだろうな⁉」

とさらに相一郎は圧力を掛けた。身体の周囲が、まるで重力が歪《ゆが》んだように黒いオーラで褶曲《しゅうきょく》していた。鬼《おに》のオーラである。真面目な人間が一旦《いったん》キレると、怖いのである。

「い、いえ……受理いたします」

裁判官の答えに、カリキュラの表情がぱっと輝《かがや》いた。

相一郎はさらに畳みかけた。

「受理だけしてまた不公正な裁定を下すつもりじゃないだろうな！　証拠《しょうこ》は充分《じゅうぶん》に挙がってるだろ！　変な裁定出しやがったら、我が王への冒涜だぞ！」

裁判官は完全に威圧された。

「ぜ、前回の取引の値で取引することを命じます……」

「なら、早く通達を書け！」

と相一郎は大声で圧力を掛けた。慌てて裁判官が通達を認《したた》める。交易裁判所の印璽《いんじ》も押した。前回は不受理だったが、今回は速攻《そっこう》で受理してカリキュラに対して有利な判決を――公正な判決を――出したのである。

通達を受け取ったカリキュラの顔が輝いた。花が開いていくように笑顔が開いていく。

相一郎は興奮した。

うおおおっと叫《さけ》びたくなる。さらにハイテンションになって、相一郎は高々と裁判官に言い放った。

「今の決定はヒロトの顧問官のキュレレも見届けたぞ！　もし今の裁決を取り消すことがあれば、我が王への顔に泥《どろ》を塗《ぬ》ったも同じ！　否、キュレレの顔に泥を塗ったも同じだ！　裁決を取り消したら、その時は武力行使もあると思え！」

第十四章　抑止力《よくしりょく》

1

交易裁判所を出てから相一郎《そういちろう》は、

（ぐぁっ……やっちまったぁ……！）

後悔と赤面の思いを味わっていた。戦闘《せんとう》モードはすっかりオフになり、自分を攻撃的にさせていた圧倒的《あっとうてき》な熱量はすっかり冷えきっていた。テンションはだだ下がりである。意味が違うが、まるで賢者《けんじゃ》タイムである。

ヒロトからは、王と大長老と副大司教の手紙を渡《わた》すこと、ゴルギント伯と交易裁判所に抗議すること、カリキュラの再申請に付き合うことを手紙で言い渡されていた。

が――。

キレて思い切り威圧してしまった。ぶちギレて、思い切り高圧的にまくし立てて言いたい放題叫んで、内政干渉《ないせいかんしょう》をしてしまった。

（絶対問題になる……）

頭を抱《かか》えたい気分だった。なぜあんなにテンションが上がってしまったのか。なぜあんな恫喝をやってしまったのか。最後にはキュレレまで持ち出して相手を脅《おど》して……。

（穴があったら入りたい……！）

そう思う時に限って穴はないのである。そもそも、そういうことをやってしまうこと自体、自分に穴があるということなのだ。埋《う》めるべきは己の穴の方なのである。

相一郎は、数年前に精霊《せいれい》の呪《のろ》いがナトラの町に襲《おそ》いかかった時、自分がナトラに派遣《はけん》されて人々の前でハイテンションになって叫んだ時のことを思い出した。あの時も、「おれ、誰？」「なんでおれ、こんなこと言ってんの？」という状況に陥《おちい》ったが、悪夢再来である。

（なんでおれ、あんなふうに言っちまったんだよ……絶対王に怒られる……大長老に雷《かみなり》を落とされる……ヒロトにも……）

うつむく相一郎に、

「相一郎殿《どの》！」

と興奮した声とともにいきなりカリキュラから両手を握《にぎ》られた。

「ありがとう！　まさかここまでしてくれるなんて……夢みたい……！　死んだお姉ちゃんもきっと喜んでる！」

と顔をバラ色に輝かせて歓喜《かんき》している。

「あ、ああ……」

依頼者《いらいしゃ》が喜んでいるのならいいのだろうか？

いや。

まずい。

自分は恫喝したのだ。内政干渉を行ったのだ。だが、カリキュラは思い切り感激し、感謝していた。

（結果……オーライなのか……？）

いや。オーライではない。

「是非《ぜひ》、ガセルに寄って！　ムハラをご馳走《ちそう》する！」

きゅ〜〜〜っ！　とキュレレが黄色い歓喜の声を上げた。キュレレはガセルの激辛蟹料理《げきからかにりょうり》が大好きである。

「キュレレ、ムハラ大好き〜♪」

とはしゃいでいる。

（はは……キュレレはいいな……おれは……はしゃぐ気持ちになれない……）

2

カリキュラは最高の気分だった。

正直、相一郎にはまったく期待していなかった。ヒュブリデを訪れたことすら後悔していたのだ。相一郎という眼鏡の男にも、何も未来を感じてはいなかった。

だが――まったく期待していなかったひょろひょろの長身の男が、交易裁判所で思い切りキレて裁判官を問い詰《つ》め、再申請で前回の不正な判決をひっくり返したのである。頼《たよ》りないと思った男は、ヒロトと同じディフェレンテで、しかもヒロトの親友だった。ヒロトは確かに一番の相手を選んでくれたのだ。

お姉ちゃんを殺したやつの罪を問うことはまだできていないが、それでも半分は達成できた。裁判所にまともな判決を出させることができた。

アグニカ商人は逆らう？

交易裁判所の通達を手にして、カリキュラは前回のアグニカ商人の商館を訪れた。相一郎とキュレレも付き合ってくれた。カリキュラにとっては鬼に金棒である。アグニカ商人に通達を突きつけると、半開きに口を開けて目をまんまるくしていた。

「これ、本物か？」

とすら言った。

「印璽が押してあるだろ〜が〜っ！」

とカリキュラは叫んだ。相一郎とキュレレは、後ろでおとなしくしている。だが、アグニカ商人は気になって仕方がないらしい。

「後ろの吸血鬼《きゆうけつき》は何だ？」

とアグニカ商人は小声で尋《たず》ねてきた。

（そうか。ヴァンパイア族が気になるんだ）

にんまり笑《え》みがこぼれそうになる。

「サラブリアから来てくれたんだ。ヒュブリデ王の命令だぞ。ちなみに後ろの眼鏡はヒロト様の大親友」

と自慢《じまん》げにカリキュラは答えた。

ヒュブリデ王の命令というのは、半分正解で半分不正解である。相一郎は王の命令だが、キュレレは密航である。

だが、アグニカ商人には効いた。

「商館に吸血鬼が入ってきたのは初めてなんだ……血を吸わないだろうな？」

と少しビクビクしている。

カリキュラも、ヴァンパイア族には最後まで慣れなかった。いわんや初めてのアグニカ商人をやでである。

だが、二度いっしょの時間を過ごしたことで、カリキュラにはアドバンテージがある。少しは気持ちの余裕《よゆう》がある。それをカリキュラは利用した。

「あんたがまた値上げしたら吸うかも」

「脅すのはやめてくれよ……」

とビクビクしている。キュレレが、大きなあくびをして翼を広げた。後ろで、本と叫ぶ。

船に戻《もど》ったらな、と相一郎が答えている。

「いっしょに船に乗ってきたけど、大丈夫《だいじょうぶ》だったよ。ちゃんとした値段で売ってくれたら、絶対噛《か》みつかないよ」

「お、脅すなよ」

とアグニカ商人は前回と大違《おおちが》いの態度である。完全に下手《したて》で、腰《こし》が砕《くだ》けている。

「で、いくらで売ってくれんの？」

「……裁判所に遵《したが》うよ」

（やった！）

ガッツポーズの瞬間だった。前回は高圧的な態度を取ったアグニカ商人が、完全に折れたのだ。

（お姉ちゃん、やったよ！　お姉ちゃんが果たせなかったことを果たせたよ！　ちゃんとした値段で売らせたよ！）

気分が舞《ま》い上がる。カリキュラは笑顔《えがお》で言ってみせた。

「今日は気分がいいから、山ウニは全部買って帰る」

3

ふんだんに金箔《きんぱく》を使った天井画《てんじょうが》が、白い壁と紅《あか》い壁が交互《こうご》にくり返された豪華《ごうか》な部屋を見下ろしていた。金箔に覆われた脚《あし》に支えられた純白のテーブルが置かれた部屋で、金箔の脚に支えられた紅色の豪華な椅子《いす》に巨漢《きょかん》を預けているのはゴルギントだった。ちょうどガセル王国イスミル王妃《おうひ》の使者を迎《むか》えたところだった。

「シビュラは我が王妃のお気に入りだった者。その者が無残に殺されたことに対して、我が王妃は大いにお怒りでございます」

と細身の使者が言う。

「不幸な事故は悲しいものだ」

　とゴルギントは白々しくも形式的に同情してみせる。

「王妃は、シビュラを殺した者を決してお許しにはなりませぬ。自分の大切な者を奪《うば》った代償《だいしょう》は、必ず払《はら》わせる、恐懼《きょうく》して待つがよいとおっしゃっております」

　とガセル人の使者が告げる。

「正義が下されることを」

　とゴルギントは再び形式的に答えた。

「まさかとは思いますが、伯は関わってはいらっしゃいますまいな」

　使者が牙《きば》を剥《む》いた途端《とたん》、ゴルギントも牙を剥き返した。

「わしを疑う者には同じ言葉を告げてみせる！　わしを疑い侮辱した者の代償は必ず払わせる！　恐懼して待つがよい！」

　大音声《だいおんじょう》に対して使者は答えなかった。ただじっと睨《にら》んだだけだった。

「必ずや神が真実を明るみにされることでしょう」

　そう言うと身を翻《ひるがえ》した。

（フン。証拠もないくせに、糞どもが）

　ゴルギントは蜂蜜酒《ミード》を口にした。

　シビュラがイスミル王妃が贔屓《ひいき》にしていた者というのは想定外だった。ガセルは戦へと動く？

動くやもしれぬ。来るなら来いだ。怯《ひる》んでガセル人への態度を緩和《かんわ》すれば、あの連中は必ずつけあがる。不受理を変更《へんこう》するわけにはいかない。

部下の騎士《きし》がガセル人の使者と入れ代わりに入ってきた。

「ヒュブリデから親書でございます」

と差し出す。

手紙は三通だった。一通はヒュブリデ王。もう一通は大長老ユニヴェステル。最後の一通はヒュブリデ精霊教会副大司教シルフェリス。

ヒュブリデ王国の違《ちが》うレベルのトップが手紙を送ってきたということだ。内容は予想した通りだった。裁判協定はアグニカとガセルの平和のためにあること、戦争を招く不正は慎《つつし》むこと、公正に裁くことを要求している。そしてアグニカとの協議を提案している。

（フン。揃《そろ》いも揃って勝手なことを言いおって。ろくにわしにカジノで勝利できなかった青二才が）

とレオニダス一世の顔を思《おも》い浮《う》かべる。レオニダス一世は、カジノでの勝負は五分五分だと言っていたが、嘘《うそ》であった。ゴルギントが七対三で勝っている。

生意気なやつめ、とゴルギントは思った。このサリカは自分の庭なのだ。自分の庭に対してとやかく言われる覚えはない。

(第一、ヒュブリデは貴族会議の決議で我が国に派兵できんではないか。王のガレー船も燃えて三隻《せき》しか残っとらんはずだ)

すでに隣国《りんごく》の動向はつかんでいる。決議の内容も、もちろん詳《くわ》しく知っている。情報はいつでも自分を救ってくれるものだ。戦の時にも、そして平時にも――。相手の弱みを見つけるのにも役に立つ。

「持ってきたのは辺境伯《へんきようはく》か？」

とゴルギントは尋ねた。誰が持ってきたのかが重要である。カジノで出会ったあの生意気な小僧《こぞう》が来たのなら、ヒュブリデ王国はこのたびのことに本腰《ほんごし》だということだ。辺境伯のバックには強力なヴァンパイア族がいる。辺境伯が来たのなら、ヒュブリデは相当強気でアプローチしてくることを意味する。その強気の中には、武力行使も含《ふく》まれている。

貴族会議の決議があるから絶対武力行使はない？

ヒュブリデとしてはそうだろう。

だが、ヴァンパイア族は違う。あの連中に貴族会議の決議も王の反対も関係ない。自分たちの仲間が命を脅かされれば、一致《いつち》団結して大軍で押《お》し寄せる。そしてその仲間の中に、ヒロトも入っているのだ。ヒロトが来るということは、ヴァンパイア族がアグニカに牙を剥くこともありうるということなのだ。

だが――辺境伯は来なかった。

「相一郎と名乗る知らぬ男だそうで。辺境伯の顧問官《こもんかん》を務めている者だとか」

「どこの馬の骨かわからぬ輩《やから》か」

ゴルギントはいささか拍子抜《ひょうしぬ》けした。どうやらヒュブリデは本腰ではないらしい。枢密《すうみつ》院《いん》顧問官ではなく、格下の役人を派遣したというのは、そういうことだ。あまり関わりたくはないが、釘《くぎ》は刺《さ》しておきたい――それで辺境伯の関係者を派遣したのだろう。艦隊《かんたい》も派遣しなかったということは、ヒュブリデは裁判の件で決してアグニカに武力行使をしないということだ。いくら無視したところでただ口先で抗議するだけである。一言でいえば、へっぴり腰ということだ。へっぴり腰の国は無視しておけばよい。協議についても受ける必要はない。

「手紙はすべて燃やせ。他国の指図は受けぬ。そもそもわしに向かって指図しようというのが生意気なのだ。文句なら、わしにカジノで勝ってから言え」

とゴルギントは手紙を突き返した。騎士が退室すると、入れ代わりに別の騎士が入室してきた。

「例のガセル商人の小娘ですが、裁判所が判決を翻したそうです」

「何だと⁉」

思わず声を荒《あら》らげる。

「相当ヒュブリデの使節が迫《せま》ったようです。ガセル商人の訴《うった》えは認められました」

「ふざけるな！　わしはそのような命令は下しておらん！　すべて不受理にしろと命じておいたはずだ！」

ゴルギントは雷鳴《らいめい》のような怒声《どせい》を轟《とどろ》かせた。ヒュブリデは少しも本腰ではないのに、なぜ裁判所が折れねばならないのか。自分は受理せよなどという命令を出してはいない。

「馬を用意せよ！　不届きな裁判官め！　わしに逆らったらどうなるのか、思い知らせてくれる！」

4

交易裁判所に入り込《こ》むなり、ゴルギントは、

「このバカタレが！　わしに殺されたいのか！」

と裁判官を怒鳴《どな》りつけた。細身の裁判官が殺人者に部屋の隅《すみ》っこに追い詰められた童女みたいに縮こまって萎縮《いしゅく》する。

「お、お許しを……！」

「誰《だれ》が受理せよと命じた！　わしは受理するなと申したのだぞ！　ガセルの申し出を聞き届けよなどと申しておらぬ！　貴様、このわしに楯突《たてつ》くつもりか！」

さらに怒《いか》りの雷鳴を轟かせた。

「い、いえ！　で、でも、ヴァンパイア族が――」

と裁判官が怯《おび》えきった声を上げる。

「ヴァンパイア族など無視しておればよい！」

とゴルギントは大声を浴びせた。

「そ、それが裁判所の中にまで来たのです！　それも子供のヴァンパイア族が――」

「ガキなど無視すればよい！」

と激昂をぶつける。

「それが、一万のピュリスを倒した本人だと……！」

「そんなガセを信じたのか、貴様は！」

「本の話をしていたのです！　噂《うわさ》では一万のピュリスを倒した者は小さな娘《むすめ》で、しかも本好きだと……！　護衛も二人ついておりました……！　子供のヴァンパイア族に護衛が二人もつくはずがありません！　あれは絶対本人です！　しかも、眼鏡の男は辺境伯の大親友だと言っていたんです！　もし突《つ》っぱねれば、きっと……」

怯える裁判官に、

「愚《おろ》か者《もの》！　我《わ》が方《ほう》には明礬石《みようばんせき》があるであろうが！　余計な口出しをするのなら、明礬石は手に入らぬぞと脅してやればよかったのだ！　今すぐ先程《さきほど》の裁決を取り消せ！　無効にせよ！」

ゴルギントは雷を落とした。

「それは――」

「わしの言葉が聞けぬのか!!」

裁判官は涙《なみだ》まじりにカウンターに突っ伏《ぷ》した。

「お許しください！　わたしは吸血鬼に殺されたくありません！　吸血鬼はわたしが裁決を下す時にもいたのでございます！　じっとこちらを睨んでいたのでございます！　しかも、聞けばあのチビは辺境伯の顧問官だと言うのです！　眼鏡は、取り消せば吸血鬼の顔に泥を塗ることになると言っていました！　武力行使もあると思えと！　吸血鬼がおる前でそう言われたのでございます！　武力行使をするというのは、殺すという意味です！　絶対そうです！　きっと取り消せば、わたしは吸血鬼に殺されます！　どうかお許しを……!!」

数分後、ゴルギントは部下を引き連れて裁判所を出た。裁判官は解任した。この町からも追放した。さらに部下には殺すように命じた。自分に絶対服従を誓《ちか》わぬ者は、我が町にいらない。生きていることも許されない。いずれ、遠くの町で男は死ぬことになろう。刺《し》客《かく》は失敗せぬはずだ。

ピュリスを葬《ほうむ》ったヴァンパイア族については、ゴルギントも聞き及《およ》んでいる。辺境伯が付き合う吸血鬼の娘の妹で、チビ。何よりも大の本好きで、毎日眼鏡の男に本を読んでもらっている――。

条件にぴったりだった。裁判官は嘘をついていない。確かに一万のピュリス軍を滅《ほろ》ぼしたヴァンパイア族が来たのだ。そしていつもその娘といっしょにいる男も――。

ヒロトが異世界《ディフェレンテ》から来た人間であることは知っている。そして同じ異世界から来た親友がいることも知っている。その男は長身の眼鏡――。

ヒロトは最も厄介《やっかい》な相手を使者として送《おく》り込んできたということだ。

交易裁判所には、先の判決を取り消す判決を出させる？

使者の一人が一万のピュリス軍を葬ったヴァンパイア族だということを考えて、ゴルギントは介入《かいにゅう》を見送った。ヒロトの親友というのも厄介だ。ヴァンパイア族を送り込んできたのなら、またヴァンパイア族を送り込んでくる可能性がある。いくらチビのガキとはいえ、同席していたのは普通《ふつう》のヴァンパイア族ではないのだ。

裁判官には今回の件を例外にせよと厳命した。このたびのことはあくまでも今回限りの措置《そち》。たまたまガセルの糞どもに有利な裁定を下しただけのこと。以後、いかなる訴えも撥《は》ね除《の》けよと命じた。

ヒュブリデは武力行使してくる？

眼鏡の男は武力行使があるものと思えと叫んだらしいが、ヒュブリデは大規模な艦隊を派遣する？

大規模は無理だ。貴族会議の決議がある。

では、小規模は？

小規模なら恐《おそ》るるに足らぬ。

ならば、ヴァンパイア族は？　ヴァンパイア族が抗議《こうぎ》でやってくる？

ヴァンパイア族を辱《はずかし》めればそうなるだろう。あの連中は、人間のルールでは動いていない。自分たち独自の吸血鬼のルールで動いている。

（武力行使をするというのははったりだ）

そうゴルギントは見切った。

（あれは裁判官を殺すというつもりではなく、ヒュブリデが武力行使するという意味だ。だが、ヒュブリデは本気ではない。本気で武力行使するつもりなら、ヒュブリデは艦隊を派遣しておる。ヴァンパイア族による武力行使を考えているなら、辺境伯自らが来ている）

そうゴルギントは解釈《かいしゃく》した。

（ヒュブリデは決して大規模な艦隊は派遣できぬ。辺境伯の顧問官は、自分が弱いからはったりをかましただけだ。とにかく辺境伯は来なかったのだ。ヒュブリデの武力行使について、真剣《しんけん》に受け取る必要はない）

第十五章　使節

1

キュレレはカリキュラの屋敷《やしき》で満面の笑みを炸裂《さくれつ》させながら、激辛《げきから》の蟹料理《かにりょうり》を頬張《ほおば》っているところだった。

ドルゼル伯爵《はくしゃく》の屋敷で食べたムハラも美味《おい》しかったが、カリキュラの屋敷のムハラはもっと上だった。ドルゼル伯爵の屋敷で食べたムハラはさらっとしていたが、カリキュラのムハラは少しとろみがある。だが、そのとろみの中に凝縮《ぎょうしゅく》したうまみが詰まっているのだ。コクが深い感じがするのである。そのせいか、貪《むさぼ》るように激辛スープを飲んでしまうのだ。

（おいち～～っ！）

密航してよかったとキュレレは思った。おかげで美味しいムハラを食べられた。密航万《ばん》歳《ざい》である。

（これからも相一郎《そういちろう》といっしょ～♪）

料理を振《ふ》る舞ったカリキュラも笑顔を浮かべていた。

「お姉ちゃんが生きてくれてたら、もっと美味しいのができたんだけど……お姉ちゃん、凄い上手だったから……」

と一瞬《いっしゅん》、カリキュラの表情が曇《くも》る。

キュレレは目をパチパチさせた。表情の落差が気になる。

「そんなに上手だったのか……？」

相一郎の問いにカリキュラは答えた。

「イスミル王妃にも呼ばれて振る舞ったことがあるの……凄いご褒美《ほうび》もらったの……一度だけじゃなく、三度呼ばれたんだよ……。でも、死んじゃったから……」

2

ヒュブリデ王国のエルフの騎士アルヴィは、二人の王と王妃の前に厳《おごそ》かに進み出た。王の方は神経質な顔だちをしている。女の方は小顔で美人である。

ガセル王パシャン二世とイスミル王妃である。

「そなたはヒロトの騎士をしておるとか。ヒロトは元気か？」

とイスミル王妃が先に声を掛《か》けた。

「元気にしております」

とアルヴィは答えた。

「その方が来たのはわかっています。ゴルギントのことでしょう。我が国《わくに》は大いに憤慨しています。裁判協定を守れぬ者には強い罰《ばつ》が必要です」

とイスミル王妃が落ち着いた声で告げる。

声からする限り、あまり怒《おこ》っていない？

まさか。

逆に落ち着いているからこそ、めちゃめちゃ怒っているのがわかってしまうのだ。「強い罰が必要だ」という言葉を冒頭《ぼうとう》で口にすること自体、怒りの強さを示している。

「我が王は、貴国とアグニカとの協議を望んでいらっしゃいます。いま一度――」

「愚かな！」

イスミル王妃が立ち上がった。

「そのような愚策《ぐさく》を献《けん》じるために参ったのですか⁉　ヒロトの提案ですか⁉　ヒロトはそのような愚か者ではありませせぬよ！　ヒュブリデは何を考えているのです⁉」

思わぬ王妃の怒りであった。アルヴィはいささか慌《あわ》てた。

「決して王妃の気分を害すつもりは──」

「協定を守れぬ者と協議して何が得られるというのです⁉　協議してもまた破られるだけではありませぬか！　これ以上の期待と裏切りはいりませぬ！」

言うが早いか、イスミル王妃は玉座から去ってしまった。アルヴィはさらに慌てた。

「王妃様！」

呼びかけたが、振り向きもしなかった。ヒロトにずっと仕えていた騎士にもかかわらず、途中《とちゆう》で退席されてしまったのである。

パシャン二世が、同情の目を向けた。

「アルヴィとやら。我《わ》が妃《きさき》は気持ちが高ぶっておるのだ。だが、妃の申すことは間違《まちが》ってはおらぬ。協議をしても無駄《むだ》であろう」

3

テルミナス河を隔《へだ》ててガセル王国の北に広がるアグニカ王国──。

その首都バルカに居を構える王宮で、女王アストリカはヒュブリデ王と大長老と副大司教の親書を受け取って目を通したところだった。

すぐそばには重臣のリンドルス侯爵《こうしゃく》と宰相《さいしょう》ロクロイがいる。二人にも親書は目を通させた。

「三人がというのが重要ですな。ヒュブリデはサリカの交易裁判所に対して、強く公正な裁判を求めている」

とリンドルス侯爵が解説する。

「いかように裁くかは我が国が行うこと。他国に指図されることではない」

と宰相ロクロイが反発する。

「だが、三人が親書を送っているという事実は重く見なければならぬ。公正が保たれぬ場合、ヒュブリデはあらゆる選択肢《せんたくし》を考えると記してある」

とリンドルス侯爵が反論する。

「戦も辞さぬと言ってるというのか？　脅しであろう。我が国には明礬石があるのだ。ヒュブリデが我が国に対して武力を行使することはできぬ。もし本当に武力行使を考えているのなら、大貴族クラスの者が親書を持ってくるはずだ。だが、持ってきたのは何だ？　ヒュブリデは交易裁判所の問題については本腰でないと見て間違いない」

と宰相ロクロイは、ヒュブリデ側からすると真実を指摘《してき》した。枢密院顧問官《こもんかん》を派遣しなかったツケが、早くも回ってきたのである。

「かといって看過するわけにはいかぬ。トルカ、シドナ、サリカ、これらが別々の基準で裁いては問題が起きる。ゴルギント伯にはトルカとシドナに基準を合わせるように伝えるべきだ」

リンドルス侯爵の正論に対して宰相ロクロイは冷や水を浴びせた。

「あの男は聴《き》かぬぞ」

「それでも言わねばならぬ。協議についてもな」

リンドルス侯爵の反論に対して、再度ロクロイは冷水を浴びせた。

「あの男は受けぬぞ」

4

多面体の壁《かべ》とガラス窓に囲まれた明るい部屋で、紫色《むらさきいろ》のソファに腰を下ろしているのは横乳の覗《のぞ》く赤いワンピースの女だった。生地《きじ》がキラキラ光っているのはサテンだからに違いあるまい。

身長は百六十八センチ。ちらりと覗く横乳は推定Gカップ。派手に突出《とっしゅつ》しているが、実は陥没乳首《かんぼつちくび》なのは彼女《かのじょ》と侍女《じじょ》だけの秘密である。

女は公家《くげ》の姫《ひめ》のような雰囲気《ふんいき》を放っていた。黒い前髪《まえがみ》を横一直線に切り揃えていて、両サイドの横髪《よこがみ》で耳を隠《かく》している。後ろ髪は背中の中程《なかほど》まで垂れている。切れ長の目に長めの睫毛《まつげ》が掛かり、その下から緑色の双眸《そうぼう》が覗いている。目の色と髪の色との組み合わせを見る限りはガセル人だが、ガセル人ではない。アグニカ人である。

アグニカ女王アストリカと王位を争った大貴族、インゲ伯グドルーンであった。グドルーンは、ヒュブリデの使者として訪《おとず》れたダルムールとの会話を楽しんでいるところだった。

ダルムールは飛空便を始めた一人だという。

「なぜヒロトは飛空便などを始めたのだ？」

「ヴァンパイア族は我が国でも恐れられています。恐怖《きょうふ》の対象でもありました。人とヴァンパイア族は距離《きょり》があり、お互《たが》いのことを深くは知らぬ存在でした。ですが、隣《とな》り合う存在であり、共生は避《さ》けられません。人とヴァンパイア族とが仲良く共生するためには、互いに知ることが必要である、そのためには仕事を通して接することが必要だ、飛空便を通して人々がヴァンパイア族を好ましいものとして捉《とら》える必要がある。そうお考えになったのです」

とダルムールが答える。

「変わった男だ」

「変わっていらっしゃるのかもしれません。でも、何か大きなことをなす方というのは、そういう方なのかもしれません。変人が必ず大事を成せるというわけではありませんが」

その指摘に、グドルーンは試《ため》してみたくなった。

「ボクは変人か？」

いいえと言えば、凡人《ぼんじん》かと聞いて困らせる。変人だと答えれば、ボクが異常だというのかと言って困らせる。そのつもりで聞いたのだ。

「変わっていらっしゃるのは間違いないのではありませんか？　ヒロト殿《どの》も相当ご苦労されたと聞いています。普通の方ならばヒロト殿が苦労されることはありますまい」

「つまり、変人だと？」

少し凄《すご》んで試してみる。

「普通の方が他の人とは違う仕事をすることができますか？　変わった部分がある人だからこそ他の人とは違う仕事ができるのではありませんか？」

満足のいく答えにグドルーンはうなずいた。ヒロトが使者として派遣するだけのことはある。

（面白《おもしろ》い男だね）

グドルーンは好感を懐《いだ》いた。

「こちらが我が王と大長老、副大司教からの手紙になります。きっとお耳に痛いことが記されておりましょう」

とダルムールは手紙を渡《わた》した。グドルーンは三通の親書に素早《すばや》く目を通した。サリカでの騒《さわ》ぎは、グドルーンもおおよそ把握《はあく》している。レオニダス一世も大長老も副大司教も、サリカの交易裁判所に対して公正さを求めている。法の国ヒュブリデらしい要求である。

「我が国でどう裁くかは我が国の自由だ。他国の指図は受けぬぞ」

とグドルーンはひとまず反発してみせた。

「それでは、ようやく山ウニに対して公正な状況《じょうきょう》になったと安堵《あんど》し、期待するガセル人たちを再び激怒《げきど》させ、一、二カ月以内に戦争に突入《とつにゅう》させることになります。その時には、ピユリスのメティス将軍も参戦しましょう。戦争となれば、飛空便も停止、ヴァンパイア族も引き上げることになります。それを閣下はお望みで？」

グドルーンは思わず笑みを浮かべた。今の答えはヒロトが用意したものだ。ヒロトから手紙で憂慮《ゆうりょ》の具体的内容や答弁の仕方を伝えられていたのだろう。

戦争になってもかまわない？

そのようなことはない。今、戦争をしてもアグニカは勝利するための力がない。ないからこそ、通商協定という形でヴァンパイア族の楯《たて》を手に入れたのだ。

「ゴルギントにはボクからも伝えておこう」

そう答えて、サリカでふんぞりかえっているはずの自分の支持者をグドルーンは思い浮かべた。

（いらん時にいらんことをしおって……挑発《ちょうはつ》する時期を間違えておるぞ……今、ガセルと事を構えるわけにはいかぬのだ……メティスが来おったらどうするのだ……）

5

アグニカ王国からテルミナス河を東へと下った南の岸に、ピュリス王国がある。

緩《ゆる》やかな丘《おか》の上に建つ赤いレンガづくりのテルシェベル城に帰還《きかん》したピュリス将軍メティスは、副官からガセルの女商人の死を聞かされた。

シビュラ――すぐには思い出せなかったが、琥珀《こはく》の贈《おく》り物《もの》と言われて、利発そうな長身の姿を思い出した。

非常に頭のよさそうな商人だった。ムハラをご馳走いたしますと話してくれたことを覚えている。

「妹は、ゴルギント伯の私掠船に殺されたのだ、ゴルギント伯が殺害を命じたのだと言っておりましたが……」

と副官が伝える。

「妹がいたのか？」

「はい。姉と違ってずいぶん小さいですが……。姉の方は閣下に会いに行く途中だったそうです。仲間にはメティス将軍に訴えてくると、そう言い残して船に乗り込んで、そのまま――」

メティスは答えなかった。だが、自分の許に向かおうとして命を落としたという事実は、深く心に響《ひび》いた。

不公正な裁きに怒り、きっと自分に救いを求めるつもりだったのだろう。だが、それは叶《かな》わずして散った。

メティスは軽く唇《くちびる》を噛んだ。

（助けてやりたかった……）

そう思った。

ガセルから向かう途中、どんな思いでいたのか。すがるような気持ちだったのだろう。

願いを聞いて力になってやりたかった……。

第十六章　面従腹背

1

薄暗《うすぐら》い夜の寝室《しんしつ》で眼鏡の美少女が爆乳《ばくにゅう》を揺《ゆ》らしながら、腰と息を弾《はず》ませていた。ツンとそり返った見事なバストがぷるんぷるんと揺れている。胸の上部からバストトップまでのスロープが、そり返る曲線を描《えが》いて頂点で見事に突き出していて、豊かな、ツンツンの爆乳である。

後ろ手を突いて少女と交わり、息をついていた少年が身体を起こして眼鏡少女の爆乳にしゃぶりついた。眼鏡少女が歓喜《かんき》の悲鳴を上げてのけぞった。

「ソルシエール……」

我慢《がまん》できなくなって少年が呻《うめ》いた。

「ヒロト様、来て……！」

ソルシエールの腰の動きが激しくなり、ヒロトが腰をふるわせた。二人、汗《あせ》ばんだ身体を合わせて息をつく。

エンペリア王宮はまだ夜である。朝までは遠い。

アグニカ女王アストリカに謁見《えっけん》したセコンダリア城城主フェイエと、グドルーン女伯に謁見したネカ城城主ダルムールからは、すでに連絡《れんらく》が届いている。女王アストリカもグドルーン女伯も、ともにゴルギント伯には伝えると答えたそうだ。

実効力はある?

恐らく期待できないだろう。それでも、必要な手続きだ。

相一郎《そういちろう》からも長文の手紙が届いた。相一郎をガセルの女商人カリキュラに同行させ、ゴルギント伯と交易裁判所に行かせたのは、相一郎がヒロトの親友という深いつながりを持つからだ。身分は決して高くないが、そのつながりこそがアグニカに対して強い警告を放つことになると期待してのことだったが、結果としては派遣《はけん》は正解だった。ただし、予想外の形で——。

キュレレが相一郎に同行したのだ。ヴァンパイア族がアグニカに首を突っ込むことはないし、政治的な目的でアグニカに行くことはないと思っていたのだが、キュレレは相一郎恋《こい》しさで密航したらしい。アグニカ人から侮辱《ぶじょく》された相一郎は交易裁判所の裁判官を前にしてキレまくり、再申請を受理させ、さらに判決をひっくり返させて帰って来た。

大金星である。だが、思い切り内政干渉《ないせいかんしょう》である。

報告を聞いたレオニダス一世は目が点になっていた。

《あの眼鏡がやったのか？》

ヒロトは手紙を見せた。

《おまえ、キュレレが行くとわかっていて任じたのか？》

主君の問いにヒロトは首を横に振った。父親のゼルディスも止めるだろうから、キュレレはサラブリアでお留守番をするだろうとヒロトは思っていたのである。

が――キュレレはゴルギント伯の屋敷にも同行し、交易裁判所にも付き添《そ》った。相一郎の手紙には、キュレレは自分は顧問官《こもんかん》だと言い張ったとのことである。

確かにキュレレは州長官《しゅうちょうかん》――辺境伯《へんきょうはく》――の顧問官である。ただし、それはドミナス城にずっといるための、形式的な措置だ。形だけの顧問官である。だが、それを楯にしてキュレレは相一郎に同行したのだ。

政治に目覚めた？

まさか。

いつでもどこでも相一郎といっしょにいたかっただけだ。キュレレの相一郎愛が、ヒロトが思っていたものを遥《はる》かに凌駕《りょうが》していたのである。

《相一郎は相当厳しい言葉を言ったと聞いています。武力行使がないと思うなと言い放ったと。そばにはキュレレもいました。盛《さか》んに翼《つばさ》を広げて威嚇《いかく》していたそうです。裁判がひっくり返ったのは、恐らくそのおかげです。力の行使以外、態度を改めさせるものはありません》

レオニダス王は考えていた。

《ガセルに送った使者は、王妃《おうひ》に途中で退席されたそうです。ヒュブリデはこのような愚かな提案をするために人を送るのかと。協定を破った者と協議しても、また破られるだけだと》

レオニダス王は答えなかった。だが、さらに考《かんが》え込む表情になっていた。ややあって、

《協議は無理か……》

そうつぶやいてまた黙《だま》った。

提案すれば両国が乗るのではないかという期待があったのかもしれない。だが、ガセル側から拒絶《きょぜつ》された。

《ガセルはもうキレています。戦争は秒読みだと見て間違いありません》

とヒロトは畳《たた》みかけた。やはりレオニダス王は何も答えなかった。

あとで大法官には皮肉を言われた。

《結局吸血鬼《きゆうけつき》に頼《たよ》るのだな》

それだけでは飽《あ》き足らず、さらに大法官は言葉を重ねた。

《また吸血鬼。困ったら吸血鬼か。子供まで引っ張りだすとは、さすがに懇意《こんい》でいらっしゃる》

ヒロトは予想外のことだと説明したが、

《辺境伯は策士でいらっしゃるからな》

と最後まで皮肉を貫《つらぬ》かれた。大法官はあまりヒロトのことが好きではないのだろう。あるいは、ヴァンパイア族に反感を持っているのかもしれない。

ゴルギント伯に同じ大貴族としてシンパシーを感じている？

ありえない話ではない。

ゴルギント伯は文句を言ってくるだろうか？　とヒロトは考えた。

今のところ、抗議の手紙は来ていない。あの男なら文句を言いそうなものだが、ゴルギント伯はおとなしく沈黙《ちんもく》を守っている。

心を入れ替《か》えた？

まさか。

あっても面従腹背。従う姿を見せておいて、腹の底では――だろう。

（面従腹背であっても、このままおとなしく面従をつづけてくれるといいけどな……）

2

ヒロトが寝室を出て行くと、レオニダスは一息をついた。それから天を仰《あお》いだ。

サリカの交易裁判所については、うまく事が進んでくれた。使節派遣はちゃんとした成果につながってくれた。ヒロトの意見を受け入れずとも、結果は出てくれた。

だが――。

ガセルに対しては明らかに失敗だった。アルヴィはヒロトがソルム城の城主に就任した頃《ころ》からの付き合いである。ヒロトの腹心の部下と言ってもいい。そのアルヴィに対して、イスミル王妃は退席したのだ。

ガセルの怒りの強さを示す事件だった。

《協議の打診《だしん》はガセルを呆《あき》れさせるだけです。ヒュブリデは頼りにならぬと切られるだけです》

そうヒロトは言い放っていたが、ヒロトの言う通りになった。ガセルの反応に関しては、ヒロトが正しかったのだ。

意見を容《い》れなかった自分の責任である。

かといってあの時、艦隊派遣《かんたいはけん》を決断できていただろうか? レオニダスの考えでは、艦隊を派遣すればゴルギント伯は余計に反発して報復する男なのだ。正直、何をしでかすのかわからないところがある。

やはり艦隊派遣はできない。しかし、次も派遣しないとなるとガセルは間違いなく爆発《ばくはつ》するだろう。

だが、派遣すればゴルギント伯は――。

レオニダスは唸《うな》った。

ガセルはほぼキレかけている。ゴルギント伯は一旦《いったん》引いて裁判協定を受け入れたが、今後もその態度がつづくのか。

ゴルギント伯は、おれが、おれがという男だ。このままではすまないような気がする。

3

同じような不安を懐いている者が、エルフ長老会総本部にいた。

大長老ユニヴェステルは、二階の窓辺に立って夜の王都エンペリアを眺《なが》めているところだった。

サリカでの報告はすでに受けた。

ヒロトは使節として相一郎を派遣した。その相一郎にキュレレが同行した。そのせいか、サリカの交易裁判所の裁判官は、カリキュラの再申請を受理し、カリキュラに有利な裁定を下したという。

正直、驚《おどろ》きだった。ゴルギント伯が認めるはずがあるまいと予想していたのだ。自分の予想にも自信があった。

だが、アグニカ人の裁判官は前回の裁決を翻《ひるがえ》した。使節派遣は思わぬ形で結果を生んだのである。

ヴァンパイア族に臆《おく》した？

可能性はあるが、あんな小さな子供のヴァンパイア族が同行して影響《えいきょう》を与《あた》えるということがあるのだろうか？

裁判所にはキュレレ以外に護衛の二人のヴァンパイア族も同席したというから、そちらの方に臆したのかもしれない。

一件落着？

ゴルギント伯としては煮《に》え湯《ゆ》を飲まされた気分だろう。必ず判決をひっくり返すに違《ちが》いない。あの男はそういう男だ。そしてヒロトは恥《はじ》を掻《か》かされる。

4

アグニカ王国最大の港サリカ――。

その港町に、大理石の塀《へい》に囲まれたサリカ伯ゴルギントの広大な屋敷がある。ふんだんに金箔《きんぱく》を使った天井画《てんじょうが》が見下ろす豪華《ごうか》な部屋で、サリカ伯ゴルギントはグドルーン女伯の使者を迎《むか》えたところだった。ゴルギントのそばには、ごつい巨漢《きょかん》の護衛が一人控《ひか》えている。

「グドルーン様は、このたびのことを深く憂《うれ》いていらっしゃる。自分のところでは裁判協定発効前の取引であっても、前回と一年前に含《ふく》めている。なぜ違う基準で裁くのかと」

やはりな、とゴルギントは思った。使者が来たと聞いて、恐らく自分を諫《いさ》めに来たのだろうと推測していたのだ。

ヒュブリデ王国は自分に使者を送って生意気な手紙を残していった。女王アストリカとグドルーン女伯にも同じことをしないはずがない。

だが――たとえ自分が支持する相手、いずれは王にと思う相手からの懇願《こんがん》であっても、同じことだ。

「基準を合わせよとの申し出は受けておらぬ。判断はそれぞれの裁判官が行っているもので、サリカにはサリカの基準がある」

とゴルギントは突《つ》っぱねた。グドルーン女伯の要求は、シドナ港の交易裁判所と基準を合わせろである。合わせぬがゴルギントの答えである。

「グドルーン様は、ガセルと戦端《せんたん》を開くのはまだ時期尚早《じきしょうそう》と考えていらっしゃる。それまではあまりガセルを刺激《しげき》したくないとお考えだ」

と使者が告げる。

「それで腰《こし》が引ければ、ガセルの糞《くそ》どもはつけあがって、帳簿《ちょうぼ》を偽造《ぎぞう》して『前回』にも『一年前』にも含まれぬものを無理矢理《むりやり》含めて、前回や一年前よりも倍になっておる、前回や一年前と同じ額で取引させよと生意気を吐《ぬ》かして、我が国の商人を苦しめるであろう。そのようなことは、サリカ伯《はく》としては断じてできぬ」

とゴルギントは強く突っぱねた。嘘《うそ》をついて利益を得ようとするガセル商人が湧《わ》いて出るから、シドナと同じ基準では裁けないということである。だが、グドルーン女伯の使者は退かない。

「事件のことも、グドルーン様は憂慮されている。ガセル商人の命をいたずらに奪《うば》うことは、ガセルを刺激して必ずピュリス軍を招き寄せることになろうと」

事件とは、シビュラが殺された事件のことである。

グドルーン女伯の危惧《きぐ》は半分当たっていた。シビュラはイスミル王妃のお気に入りだった。王妃はシビュラの殺害に対して激怒している。命を奪った者を許しはしないとハッキリ言っている。

だが、ゴルギントはしらばっくれた。

「それはわしの与《あず》り知らぬこと、きっと河川賊《かせんぞく》に襲《おそ》われたのであろう。不幸としか言いようがないが、それも自業自得《じごうじとく》。欲の皮が突っ張ったゆえのことであろう」

シビュラに対する殺害命令を下したのは、ゴルギントである。それは、グドルーン女伯も察しがついているに違いない。だが、証拠《しょうこ》がない。ない上で牽制《けんせい》しているのだ。

グドルーン女伯の使者は息をついた。

「とにかく、港があまり騒がしくなることはグドルーン様は望んでいらっしゃらぬ。どうかご協力お願いしたい」

「港が静かであることはわしも望むことだ。閣下のお気持ち、ありがたくちょうだいする。閣下には、閣下は閣下のことに専心されて、あとはわしにお任せいただきたいとお伝えいただきたい」

とゴルギントは伝えた。

「わしも望むことだ」「ありがたくちょうだいする」と言明しているので、グドルーン女伯の思いに寄り添うもの、思いを受け止めるものになっている。使者が攻撃色《こうげきしょく》を弱めたので、ゴルギントも弱めた形だ。

ただし、受け止めたのは形式的なものである。「専心されて」というのは、自分のことにのみ心を砕《くだ》いて人のことに口出しするなという婉曲《えんきょく》表現だ。サリカはわしの町、わしのものだ。たとえグドルーン伯であろうと、他人がとやかく口出しする場所ではない。そう言っているのである。

「我《わ》が国が力を蓄《たくわ》えるまで、閣下にはご協力をお願いしたい」

そう最後に伝えて念を押《お》す形で、使者は一礼とともに部屋を出ていった。

（相変わらずガセルの顔色ばかり窺《うかが》われる）

ゴルギントはヒュブリデの蜂蜜酒《ミード》を流《なが》し込《こ》んだ。オセール州でつくられたものだ。上品さと深みが違う。蜂蜜酒はオセール産に限る。

以前のグドルーン女伯は、もっとタカ派だった。ガセルめ、来るなら来てみろ。このわたしが粉砕《ふんさい》してくれる。

そういう雰囲気があった。武闘派《ぶとうは》という言葉がぴったりの女伯だった。そこに自分も惚《ほ》れたのだ。この人こそが、いずれこの国の王になると感じたのだ。だが、王国の重鎮《じゅうちん》リンドルス侯爵がピュリス軍の智将《ちしょう》メティスに敗れて囚人《しゅうじん》となってからは、グドルーン女伯は慎重《しんちょう》な態度が目につくようになった。

《まだ我がアグニカは、ガセルとピュリスの両軍と戦って打ち破れる力がない》

そういうことを時々口にするようになった。

らしくないと思う。不利な時こそ、腰が引けてはならぬのだ。しっかり前に出て、ガセルとピュリスの連中を睨《にら》みつけねばならぬ。

もちろん、ピュリスは警戒《けいかい》せねばならぬ。特にメティスに奇襲《きしゅう》を喰《く》らうことだけは避《さ》けねばならぬ。さればこそ、ガセル商人がメティスに助けを求めに行く素振《そぶ》りを見せた時には、躊躇《ちゅうちょ》なく殺させているのだ。メティスへの救援《きゅうえん》は、何があっても阻止《そし》せねばならぬ。

ただ――シビュラの妹のカリキュラについては計算外だった。まさかピュリスを飛び越《こ》えてヒュブリデへ行くとは思わなかった。しかも、ヒュブリデの商船で――。

攻撃して全員殺せばよかった？

自分はそう言った。だが、私掠船のメンバーは、ヴァンパイア族の家族が乗り込んでいて、どうにもならなかったと答えた。

確かに、それはどうにもならない。子供のヴァンパイア族に怪我《けが》でもさせれば、大集団が押し寄せる――。

「吸血鬼どもは？」

とゴルギントは巨漢の護衛に顔を向けた。

「あのチビはもう来ておらぬようです」

「ガセルの豚《ぶた》どもは？　便乗して偽造してきおったか？」

「今のところは」

「シビュラの妹とかいう糞は？」

「何も」

うなずいてゴルギントは命じた。

「ああいう糞は必ずまた何かしでかす。またいらぬ要求をしてきたら、突っぱねよ。今度はピュリスへ向かうはずだ。その時には必ず仕留めよ。わしに楯突《たてつ》く輩《やから》に生きる資格はない」

第十七章　死

1

一カ月後のことである。

イボイボの山ウニではなく、トゲトゲの山ウニが欲《ほ》しい――。

依頼人《いらいにん》の大貴族の願いを受けて、カリキュラは再びテルミナス河を渡った。黒髪《くろかみ》には翡《ひ》翠《すい》の髪飾《かみかざ》りが輝《かがや》いている。

イスミル王妃からの贈り物である。キュレレと相一郎《そういちろう》にムハラを振る舞《ま》って送り出した後、届いたのだ。

お守り代わりにしなさい。気を落とさぬように。

優《やさ》しい一言に、涙《なみだ》が出そうになった。会ったこともないのに、王妃が自分を心配してくださっている――。

きっとこれは自分のお守りだとカリキュラは思った。これを着けていれば、王妃様が守ってくださる。

サリカ港に到着《とうちゃく》すると、カリキュラは前回とは違う商人の館に向かった。山ウニを扱《あつか》っている商人は限られているが、商人によって微妙《びみょう》に扱う山ウニの産地が異なっているのだ。

相手は太りすぎて腹も顔もたるんだ金髪《きんぱつ》のデブだった。カリキュラも姉に連れられて何度か会ったことがある。

「いいの入ってる？」

アグニカ商人はちらっとカリキュラを見た。

「おまえには売れんな」

「なんでさ！」

とカリキュラは声を上げた。

「訴《うった》えるからな」

「協定違反《いはん》をするからじゃ！」

とカリキュラも負けじと叫《さけ》び返す。デブのアグニカ商人はため息をついた。

「高いぞ」

「品薄《しなうす》は聞いてないよ」

とカリキュラは先制パンチを喰《く》らわせた。値段を不当に吊《つ》り上げるなよ、のサインである。山ウニを集荷《しゅうか》している村への立ち入りは禁止されているが、仲買人との情報のパイプはある。仲買人から密売するのは難しいが、情報は買える。そして手に入れた情報では、品薄は発生していない。今年は順調だという。

「いくら?」

アグニカ商人が金額を口にした。

「前回の三倍じゃん!」

とカリキュラは激怒した。

「あんたにはこの値段でしか売れん。いやならよそを当たりな」

「去年と同じ実り具合だってことは知ってんだぞ! なんで値上げすんだよ! 前にお姉ちゃんと来た時の三倍って、ふざけてんのかよ!」

「だから言ったろ。いやならよそへ行け。剣を抜いてもいいぞ」

とアグニカ商人が挑発する。

「誰が抜くか!」

どこの国の港であろうと、商館の中での抜剣は御法度《ごはっと》である。応戦のために抜くことは禁じられていないが、先に剣を抜けば厳しく罰せられる。

カリキュラは渋々《しぶしぶ》売買契約書《けいやくしょ》を交《か》わすと、商館を出て交易裁判所へ向かった。ヒュブリデの商館には、今日はヴァンパイア族はいないらしい。

交易裁判所に入ると、前回とは違う裁判官がカウンターの向こうにいた。面長《おもなが》で、目も唇も細い中肉中背のアグニカ人である。頭髪《とうはつ》は薄くなりはじめている。

カリキュラは今日の売買契約と前回の売買契約を並べて、申請書《しんせいしょ》も合わせて提出した。前回、相一郎と来た時にはこれで通っている。

頭髪が薄くなりかけている――ある意味、頭髪の断捨離《だんしゃり》が始まっている――アグニカ人裁判官は、冷やかな目で書類を見て、

「受理できない」

と冷たい声で答えた。

「なんでさ！　ちゃんと条件そろってるじゃん！」

「この売買契約書は証拠にはならない」

そう答えると、いきなり裁判官は前回の売買契約書をいきなり破った。

カリキュラは呆気《あっけ》に取られた。声も上がらなかった。まさか、証拠の書類を破るとは思わなかったのだ。

「これで証拠はなくなった」

「こいつ――――！」

カリキュラはカウンターの奥《おく》に手を伸《の》ばして裁判官をぶん殴《なぐ》りにかかった。裁判官が奥に引っ込む。

「お嬢様《じょうさま》っ！」

カリキュラに同行した部下が声を上げる。アグニカ人の騎士《きし》が二人、すぐに駆《か》けつけてカリキュラをはがい締《じ》めにした。

「お嬢様を放せ！」

と部下が叫び、

「この間の時はちゃんと通ったのに！　卑怯者《ひきょうもの》！　殺してやるっ!!」

とカリキュラが暴れる。だが、アグニカ人騎士は後ろから抱《だ》きすくめて地面から抱き上げ、裁判所の出口へ向かった。カリキュラは両脚《りょうあし》をばたばたさせた。だが、足が地面から離《はな》れていてどうにもならない。人間につかまった昆虫《こんちゅう》みたいである。腕《うで》に噛《か》みつこうにも、腕は顎《あご》の届く範囲《はんい》にはない。

裁判所を出たところで、いきなりぼろ布みたいにカリキュラは投げ捨てられた。ごろんと地面に転がる。

「こいつ！」

再び騎士が二人立ちふさがり、今度はカリキュラを足の裏で蹴《け》り飛ばした。チビのカリキュラは二回転した。

「お嬢様っ！」

部下が慌《あわ》てて駆け寄る。

悔《くや》し涙が滲《にじ》んだ。こんな、人間ではないような扱いをされるのは初めてだった。交易裁判所ではない。ただの暴力裁判所である。

カリキュラは涙目《なみだめ》で二人の騎士を睨みつけて、

「メティス将軍に来てもらうからな！　覚えとけ！」

捨て台詞《ぜりふ》を残して埠頭《ふとう》へと向かった。歩いている最中も、むかむかしてならない。憤怒《ふんぬ》の中、自分の船に乗り込む。

「すぐに出して！　ユグルタへ向かって！」

声は埠頭にいたアグニカ人にも聞こえた。船が埠頭を離れてテルミナス河を進みはじめた。向かうは東――。

2

甲板《かんぱん》でもカリキュラはかっかしていた。活火山の人になっていた。弾《はじ》けるポップコーン

みたいに怒《いか》りまくっていた。もしもっと冷静になれていたら、ピュリスの船なりヒュブリデの船なりに乗り換《か》えて東進していただろう。

だが、カリキュラは怒りすぎていて、まっすぐピュリスへ向かうことしか考えていなかった。人としての誇《ほこ》りを――人間としての自尊心を――傷つけられたのだ。自尊心を傷つけられると、人は最大級に憤慨《ふんがい》する。

商船は東へ進む。

十隻《せき》の小舟《こぶね》が突然《とつぜん》姿を見せたのは、奇《く》しくも姉のシビュラが襲われたところだった。

「河川賊だ！」

乗組員の声に、カリキュラはそこで初めて怒りから目が覚めた。すでに十隻の小舟が商船に近づいていた。

こいつら河川賊？

本当に？

私掠船じゃないの？

怒りの炎《ほのお》は消えて、動揺《どうよう》が走る。

鉤《かぎ》のついたロープが飛んできて、舷側《げんそく》に掛《か》かった。

「来るぞ！　武器を持て！」

甲板を乗組員が走りまわる。

河川賊。

河川賊が来た。

私掠船かもしれない。

どうしよう。

お姉ちゃん、どうしよう。

「て、抵抗《ていこう》するのやめたら、ものだけ奪って帰らないかな?」

とカリキュラはおどおどして尋《たず》ねた。

「こいつら、河川賊じゃないです! 着ているものが違う! 河川賊はあんな上等なものを着てません! それに、剣《けん》を見てください! ものがよすぎます! ゴルギント伯の私掠船です!」

目の前が真っ白になった。

お姉ちゃんと同じ――。

自分もお姉ちゃんと同じように殺されようとしている。

少し前のサリカ港での記憶《きおく》が蘇《よみがえ》って、後ろから頭を痛打した。

《メティス将軍に来てもらうからな! 覚えとけ!》

お姉ちゃんも、メティス将軍のところに行くと告げて命を失った。そして自分も――。

ど、どうしよう。

わたし、死ぬ？

殺されちゃう？

お姉ちゃんと同じように殺されちゃう？

「わ、わたし、どうすれば――」

「神に祈《いの》っててください！」

上がってきたぞ！　と声が上がった。河川賊っぽい男が剣を手に上がってきた。一人が斧《おの》で斬《き》りかかる。

慣れた様子で斧を躱《かわ》して、一撃《いちげき》で剣を心臓に突き立てた。その慣れた動きに、カリキュラもようやく認識《にんしき》していた。

河川賊じゃない。ゴルギント伯の私掠船の要員だ――。

「女を殺せ！　皆殺《みなごろ》しにしろ！」

と私掠船の男が叫んだ。

お姉ちゃんと同じだ。

殺される。

お姉ちゃんと同じように殺される。

逃《に》げなきゃ。

……逃げられるの?

「おれから離れんでください!」

カリキュラに叫んだ男が、うっと低い呻き声を上げて動かなくなった。

「ザジェ?」

名前を呼んだ。

返事はなかった。首に矢が突き刺《さ》さっていた。ごつい身体がカリキュラの前で倒《たお》れた。

その数メートル向こうに、弓矢を構えたアグニカ人がいた。

(殺される……!)

カリキュラは舷側へ走った。死んだ姉シビュラと同じように舷側へ走った。

飛んだ。

矢の音が耳の近くで鳴った。

テルミナス河の水が乱暴にカリキュラを受け止める。着水してから、カリキュラは、自分がまともに泳げなかったことを思い出した。

波が自分を洗う。顔に掛かって、飲みたくない河の水が口の中に入り込んでくる。

必死に腕を、脚《あし》を動かした。だが、身体が浮《う》き上がってくれない。

水面下に沈《しず》んだ。

（お姉ちゃん……！　助けて……！）

水中で叫んだ。また河の水が口に入った。気持ち悪い。苦しい死の味がする。

（お姉ちゃん、苦しいよぅ……助けて……）

もがくが、身体は全然浮かび上がってくれない。また汚《きたな》い水がごぼっと入り込んだ途端《とたん》、ああ、もうだめだ……とカリキュラは思った。自分は死ぬんだとカリキュラは思った。苦しい。苦しい。自分はもう助からない。神様も助けてくれない。このテルミナス河で、自分は死ぬんだ。お姉ちゃんと同じように。

（今からお姉ちゃんのところに行ってもいいよね……怒《おこ》らないよね……）

水中で涙が出た。

暗黒の死の淵《ふち》が凄《すご》い勢いで自分を呑《の》み込もうとしているのがわかる。自分は今日終わるのだ。

（ごめんね……お姉ちゃん……お姉ちゃんを殺したやつに罰《ばつ》、与えられなくて、ごめんね……）

あとがき

十年です。

『高一ですが異世界で城主はじめました』の第一巻が出たのが二〇一三年八月三十日。

あれから十年——。

城主シリーズを書きつづけていられることに対して、感激と感嘆と深い感謝を覚えます。こんなに長い間お客さんに支えていただいて本当にありがたいなあ、書き手として幸せだなあと思います。じぃんときますね。感激と感謝とが自分の中に血となって沁み込んで身体の細胞に浸透していくような感じを覚えます。

右腕が腱鞘炎っぽいのは、きっと気のせいでしょう。

いや。

気のせいではないです（笑）。

ゲームの打ち合わせで、でかいテーブルに着いて愛用のサインペンとレポート用紙でプロットを立てること二時間半。高速でぶっつづけでやっちゃったせいか、ピキッとなりかけてるなあと。

やばい。腱鞘炎が口を開けておいでませしとるではないか。

でも、打ち合わせはまだつづく――数時間残ってるぞ――ということで、結局さらに七時間、プロット作業。

右腕のダイ・ハードです。

もちろん、翌日は兵庫県西宮神社の福男レースで二百三十メートルを走って一番でゴールに飛び込む福男よろしく、マッサージへ。

一時間受けて翌日もまたマッサージ。これできっと腕は大丈夫に違いない！　間違いない！

――間違ってました。早朝六時からキーボードを叩いていたら、午前十時頃にまた右の前腕の上側の部分が、ピキッ。

やばい。

観念して鍼を打ちに行きました。まずは入念にコリをほぐします。いきなり鍼を打っても、筋肉がほぐれてないので硬くて痛い&どこが本丸かわからないので、最初はコリを揉みほぐすのです。その上でいざ、鍼です。

首筋にばすっ、ばすっ。

肩にもばすっ。腕にもばすっ。手首にもばすっ。

手首は相当硬くなっていて、打たれた瞬間に電撃が走りました。いでぇ～って反射的に腕をビックンビックンさせちゃったよ。実験に使われている蛙の気分を味わったよ。

初めて手の甲にも打ちました。あんまり打たないらしいんですが、痛みはなかったなあ。

三十本くらい鍼を打って終了。

おっ。

少し軽くなったかな。これでもう大丈夫かな？

——大丈夫ではありませんでした。また翌朝六時からキーボードを叩いていたら、二時間ほどで右の前腕が——。

なぜなんだ。

答えは椅子の高さにありました。

肘からキーボードにかけての角度って、水平くらいが一番いいんですね。キーボードに向かって上がり気味だと、前腕が張っちゃうんです。

数日前に椅子の高さを落として書き物の仕事をしたことがあって、その後、キーボードで仕事するために戻したつもりだったんですが、戻っていなかった……。つまり、前よりも低い状態になっていて、肘から手首への角度が上がり気味になっていて、二時間ほどキーボードを叩くと前腕に筋肉疲労がたまっていたみたいです。

がっくり。自業自得やん。

というわけで、調整の終わった状態でこの二十二巻のあとがきを書いております。

ようやくであります。遅いぞ、おれという感じです。前回の二十・二十一巻から二十二巻の間に、世界は激変してしまいましたね。

ロシアのウクライナ侵攻――。

大学時代ロシア語を第二外国語として選んだ者として、そして国同士の衝突や争いや外交を書いている人間として、思い切り揺さぶられました。プーチンの頭の中を知りたくて木村汎先生の『プーチン』三部作、合計二千ページほどを読破したり。

だいたいわかったけどね。彼奴はオッパイ星人ではない！（笑）

プーチンって、ロシア人の中では背が小さいんですね。なのに、レニングラードの少年時代に不良をやって、グループ内でボコられて、弱肉強食の世界を味わっているわけです。その時に柔道を覚えた。で、「力は正義」「力を誇示しつづけないとボスでいつづけられない」と思い込んでしまった。彼の国内政治のやり方、国際政治のやり方を見ていると、そんな感じでしょ？　一度『ドラゴンボール』のミスター・ポポにボコボコにされるといいと思うんだけど。

というわけで、恒例のネーミング解説です。

シビュラ……昔アマチュア時代に女性につけた名前「シビル」をひねって。

カリキュラ……古代ローマ皇帝カリギュラから。カリキュアにするとプリキュアっぽくなっちゃうので、カリギュラから濁音を取りました。

ゴルギント……古代ゲルマンっぽい名前ということで。古代ゲルマン人って、たとえば女性だとイングンドとかフレデグンドとか、「～グンド」って名前があるんです。それを利用して、古代ゲルマン人っぽい男性の名前ってことでゴルギントにしました。最初はゲルギントにしてたんだけど、やんちゃな青年っぽいイメージしか出てこなかったので……。

それでは謝辞を。ごばん先生、いつもステキなイラストをありがとうございます！　編集Aさん、今回もありがとうございました！

では、最後にお決まりの文句を！

じ～～～～～～～～～～～～～～く・ぼいん!!

鏡裕之

https://twitter.com/boin_master

HJ文庫 https://firecross.jp/
1074

高１ですが異世界で城主はじめました22

2023年4月1日　初版発行

著者――鏡 裕之

発行者―松下大介
発行所―株式会社ホビージャパン
〒151-0053
東京都渋谷区代々木2－15－8
電話　03(5304)7604（編集）
03(5304)9112（営業）

印刷所――大日本印刷株式会社

装丁――木村デザイン・ラボ／株式会社エストール

Printed in Japan

ISBN978-4-7986-2983-4　C0193

ファンレター、作品のご感想
お待ちしております

〒151－0053　東京都渋谷区代々木2－15－8
(株)ホビージャパン HJ文庫編集部 気付
鏡 裕之 先生／ごばん 先生

この日、『偽りの勇者』である俺は『真の勇者』である彼をパーティから追放した 1

著者/シノノメ公爵
イラスト/伊藤宗一

全てを失った「偽りの勇者」がヒーローへと覚醒!!

ジョブ「偽りの勇者」を授かったために親友をパーティから追放し、やがて全てを失う運命にあったフォイル。しかしその運命は、彼を「わたしの勇者様」と慕うエルフの「聖女」アイリスとの出会いによって大きく動き出す!! これは、追放する側の偽物の勇者による、知られざる影の救世譚。